プリンスの望まれぬ花嫁

キャット・シールド 作

川合りりこ 訳

ハーレクイン・ディザイア

東京・ロンドン・トロント・パリ・ニューヨーク・アムステルダム
ハンブルク・ストックホルム・ミラノ・シドニー・マドリッド・ワルシャワ
ブダペスト・リオデジャネイロ・ルクセンブルク・フリブール・ムンバイ

ROYAL HEIRS REQUIRED

by Cat Schield

Published by Harlequin Japan, a Division of K.K. HarperCollins Japan, 2016

キャット・シールド

RITA賞の新人賞にあたるゴールデン・ハート賞受賞作家。ミネソタ州で娘と2匹のビルマ猫たちとドーベルマンに囲まれて暮らしている。執筆をしていないときは、友人とヨットでセーリングするのが何よりの楽しみだという。

主要登場人物

オリヴィア・ダーシー……………伯爵令嬢。
ダーシー伯爵…………………オリヴィアの父親。資産家。
リビー…………………………オリヴィアの秘書。
ガブリエル・アレッサンドロ……オリヴィアの婚約者。シェルダーナのプリンス。
ベサニーとカリーナ……………ガブリエルの双子の娘。
クリスティアン…………………ガブリエルの三つ子の弟。シェルダーナのプリンス。
ニック…………………………ガブリエルの三つ子の弟。シェルダーナのプリンス。
アリアナ………………………ガブリエルの妹。シェルダーナのプリンセス。
スチュアート……………………ガブリエルの秘書。
マリッサ・ソンム………………ガブリエルの元恋人。故人。

1

「彼女はうってつけの候補者じゃないか」弟はそう言って、兄ガブリエル・アレッサンドロの肩を軽く叩《たた》いた。

二人のプリンスは舞踏場の端に立ち、父である大公が長男の未来の花嫁を優雅にターンさせる様子を眺めていた。大公妃のほうは、首相のぎこちない足さばきから爪先を守るのに精いっぱいらしい。

「もちろん、そうだとも」ガブリエルは声に出してため息をついた。義父の出資で首都郊外に建設予定のハイテク製造工場は、シェルダーナ公国の経済にとって、願ってもない強力な後押しになるだろう。イギリス人資産家を父に持つ伯爵令嬢、レディ・オリヴィア・ダーシーは、いささかできすぎと言ってもおかしくないフィアンセだった。人前では落ち着きと優しさを漂わせ、プライベートでも常に緊張感を身にまとい、決して隙を見せない女性。婚約の準備を進めていたときは、そんな彼女の態度に頭を悩ますこともなかった。妻とする女性を探すことにしたその瞬間から、感情でなく理性に従うとガブリエルは決めていた。情熱に我を失えば行き着く先は傷心と絶望だと、過去の経験でわかっていたからだ。

「なのに、どうして兄さんはそんなにつらそうな顔をしているんだい？」

まったく、どうしてなのだろう？　弟を前にして婚約者に首ったけなふりをする必要はないが、結婚してしまえば、人生にこれ以上のドラマや情熱を期待できなくなるからだと認める気もなかった。

結婚話がいよいよ本格化するまでは、恋愛小説のヒロインさながらの派手な言動で彼を振りまわしたマリッサ・ソンムとはまったく違うタイプの女性を首尾よく見つけられて、ほっとしていた。マリッサ。かつての彼の恋人。ガブリエルと彼女の嵐のような四年間のロマンスには、何一つ未来がなかった。

　ガブリエルは世界的なミュージシャンでも颯爽《さっそう》としたハリウッド・スターでもなく、まして資産家のプレイボーイでもない。ヨーロッパの小国、シェルダーナの世継ぎである彼の妻となる女性は、国の厳しい掟《おきて》により、ヨーロッパの貴族階級の出かシェルダーナの国籍を持つ女性でなくてはいけないと定められていた。マリッサはそのいずれでもなかった。

「気心の知れない赤の他人と結婚するのが、そんなに楽しいことだと思うか？」

　シェルダーナ公国の三つ子のプリンス、その末弟であるクリスティアンが、にやっとあからさまな笑顔を見せた。「ぼくは結婚なんて、からっきし考えなくていいのさ。末っ子として生まれた、いちばんのメリットってやつでね」

　ガブリエルの口から不満がもれた。弟たちが兄をうらやましがっていないのは最初からわかっていた。だからこそ多くの意味で安心もしていた。何世紀も昔の話とはいえ、シェルダーナの政権を巡る陰謀が国の内外を問わず画策されていた時代もあったのだ。もしも弟たちのどちらかが兄を次期君主の座から退けようと企《たくら》んでいたら、恐ろしいことになっただろう。だが、ありそうにもない話だ。次男のニックはアメリカ在住で、いつか普通の人たち――正確には裕福な人々――が宇宙旅行をするための宇宙船開発に勤《いそ》しみ、末っ子のクリスティアンは、企業の買収と転売をゲーム感覚で楽しむ日々を送っている。

「……そそられるな」

「そそられる？」最後の一語だけが、ガブリエルの耳に引っかかった。「何に？」

「何に、じゃない」いたずらっ子のような視線をクリスティアンが兄に向けた。「誰に、だ。兄さんの未来の花嫁さ。もっとフィアンセのことを知る時間を割くべきだと言ってるんだ。思ったより楽しめるかもしれないじゃないか。男心をそそる女性だ」

レディ・オリヴィア・ダーシーを語る言葉は枚挙にいとまがなかったが、ガブリエルは彼女を〝そそられる女性〟と呼ぶ気になれなかった。どこを取ってもゴージャスで洗練され、お抱えのファッションデザイナーたちが競って服をデザインしたがる女性。優美で女らしく、しみ一つない白い肌に、すらりとした脚。しなやかな腕。エレガントな首筋。ブルーの瞳が放つ鋭いまなざしには高貴さが漂っている。

社交界のうわついた女性たちのように、昼は高級ブティックのはしごを楽しみ、夜ごとクラブ遊びにうつつを抜かすことなどありえない。オリヴィアは両手の指に余るいくつものチャリティー活動に休むことなく従事し、それらすべてが子どもに関連したものだった。シェルダーナの未来の大公妃として、申し分のない女性だ。

ガブリエルは険しい顔で弟を見た。「未来の義理の姉であり、いずれは大公妃となる女性に対して、そそられるなどと言うのか？ 母上に聞かれたら、許してもらえると思うか？」

「ぼくは母上のお気に入りだ」末っ子のクリスティアンは、何かというとその切り札を出してくる。「ぼくのすることなら、なんでも認めてくれるさ」だが、そこまで言うと表情を硬くした。「これで長男の件はすっきり片がついたから、今度は次男と三男の番だと、母上は思っているのかな」

「ニックが興味を示すのは、女性よりもロケットの燃料システムのほうだ。おまえだって、独身生活にピリオドを打つ気はこれっぽっちもないとはっきり言っていたじゃないか」

五年前に車の事故を起こして以来、クリスティアンは自分の私生活の話になると悲観的な態度を示すようになった。首から肩、そして胸と二の腕に広がるやけどの跡は、正装であるブルーのチュニックの高い襟の下に隠せても、最も深い傷はより内部の、どんな癒しも届かない心の奥深くにあった。

　ガブリエルはさらに言葉を続けた。「父上にしろ母上にしろ、おまえたちが近いうちに身を固めるだろうなんて甘い考えは持ち合わせていないよ」

「母上はロマンティックな人だと知ってるくせに」

「同時に、実用性が乏しいものには価値を認めない、ドライな一面もある人だ」

「それなら、兄さんの結婚だけで満足するはずだ。でも今夜の母上には、どうもそんな印象を受けない」

　ガブリエルは心に引っかかるものを感じて、今は首相と踊っているオリヴィアに、もう一度視線を移した。愛くるしい微笑《ほほえ》みを浮かべていても、よそよそしいブルーの瞳には、彼女を手の届かない存在と思わせる何かがある。

　マリッサとの官能的で奔放な日々をガブリエルは思い出した。夜明け前のパリのアパルトマンで目覚め、音一つない朝の静寂の中で互いを求め合った。窓辺に並んで座り、パンをむさぼるように食べて濃いコーヒーで流しこみ、太陽が建物の屋根を金色の光で染めていくのを眺めていたあの情熱的な日々。

「失礼いたします、殿下」

　ガブリエルが振り返った先に、どこからともなく現れた秘書が立っていた。スチュアート・バーンズはいつも台風の目のように冷静な人物だ。その彼が、額に汗を光らせている。

　ガブリエルはうなじの毛を逆立てた。「やっかいごとか？」

　近づいてくるスチュアートに、クリスティアンも注意を向けた。「ぼくが聞こう」そう言うと、兄のそばから一歩踏み出した。

「いいえ」秘書はクリスティアンを制するかのように動いた。ほんの少し横を向いた彼の視線は険しい表情をしたガブリエルに注がれている。ただごとではないとその顔に書かれていた。「こんなときにと私《わたくし》も思いましたが、殿下に緊急のお知らせがあると弁護士が申しておりますので」

「弁護士？」

「どうして宮殿に入れたりしたんだよ？」クリスティアンが鋭くきき返した。目が怒りで燃えている。

ガブリエルの耳には、弟の声が届いていなかった。

「そこまで重要なこととは、いったいなんだ？」

「プーラン警備長は、なんでまたこんなタイミングの悪いときにその男を通したのか、言ったかい？」

「パーティーのあとではいけないのか？」

秘書は矢継ぎ早に質問を投げかける二人のプリンスをかわるがわる見ていた。「どんな用件か私には話そうとしないのです、殿下。ただ依頼人の名前を言うだけで」声を低くして、ただならぬ様子で言った。「ご自身でお話しされるほうがよろしいかと」

物事に動じない彼の秘書を何がここまでうろたえさせるのか、まったく見当がつかずにガブリエルは弟と視線を交わした。「依頼人は？」

「マリッサ・ソンムです」

かつての恋人の名は、できれば忘れたままでいたかった数々の思いをガブリエルの心に呼び覚ました。マリッサがずっと連絡してこなかったことには多少驚いていたのだ。五カ月前にオリヴィアとの婚約を発表したときから、マリッサがひと騒動起こすだろうとずっと予想していた。感情を高ぶらせた彼女をドラマティックな舞台女優にたとえるのは、ヒマラヤを高い山だと言うのと大差ない。

「彼女は何を企んでいるんだと思う？」ガブリエルは弟に尋ねた。

「特ダネになりそうなことさ。決まってるだろう」

クリスティアンがいまいましそうに小声で答えた。

伯爵との契約にはシェルダーナの未来がかかっている。レディ・オリヴィア・ダーシーがプリンセス・オリヴィアとならない限り、契約は成立しない。

弟とのやりとりがほかの人に気づかれただろうかとあたりを見渡したとき、すまし顔のオリヴィアと目が合った。美しい女性だ。彼女はぼくの妻になるのだ。だが、ガブリエルが彼女を選んだ理由は容姿を超えたところにあった。シェルダーナの国民を魅了するであろう魂の清らかさ、きびきびとして冷静な問題解決の手腕は、今後のあわただしい日々を通じておのずと明らかになるだろう。

彼女の隣に大公である父もいて、若返ったような表情で彼女がどんな話をしても笑っていた。

オリヴィアは視線をふたたび大公に戻していたが、ほんの少しあげた優美な眉から、こちらの会話に興味を持ったのがガブリエルにはわかった。儀礼的な関係から一歩踏みこんで婚約者と心を通わせたのは初めてだった。ガブリエルの心に、ひらめくものがあった。彼女とは単にベッドをわかち合う以上の関係が築けそうだ。

「殿下」スチュアートが促した。

ガブリエルは弟をちらりと見て言った。「何が起こったのか確かめてくるあいだ、ぼくのフィアンセの相手を頼めるか？」

「気をそらせておけよ、の間違いだろう？」クリスティアンが不機嫌そうな顔つきで言い返した。

「ぼくが戻るまで、とりあえず取りつくろってくればいい」

一六六四年にシェルダーナ公国がフランスから独立した日を祝うパーティーに集う人々のあいだを、ガブリエルは微笑みを浮かべ、さも万事つつがなく進んでいるような顔で、挨拶を交わしながらすり抜けていった。

公国であることを宣言して以来、シェルダーナは農業国として生き残ってきた。だがガブリエルは、この国をただ命脈を保つだけの存在ではなく、繁栄させたかった。フランスとイタリアのあいだにあり、緑なすブドウ畑と豊穣《ほうじょう》な大地に恵まれたこの国は、二十一世紀とその後を見据え、新進気鋭のテクノロジー産業を必要としている。オリヴィアの父ダーシー卿《きょう》はその導火線の火付け役となる人物だ。これを邪魔するのは誰であろうと許されない。

秘書を連れて客間に入ると、ガブリエルは事前の連絡もなしに現れた闖入《ちんにゅう》者の顔を見てやろうとして、つかつかと歩み寄った。背後の壁の燭台《しょくだい》が光を放ち、弁護士の顔に影を落としている。短く刈りこんだ灰色の髪に、濁りのないグレーの瞳。目尻にはほとんどしわがない。頻繁に笑顔を見せる人物ではないのだろう。紺色のスーツに黒のコートを羽織って、装いの中で目立つ色といえば、縞《しま》模様のネクタイの黄色い部分だけだ。

「ご機嫌麗しゅう、殿下」男はそう言うと、うやうやしくお辞儀をした。「突然おうかがいしましたことをお許しください。しかし、なにぶんにも事は急を要しておりまして」

「マリッサはどんな騒ぎを起こす気だ？」

「騒ぎ？」弁護士はガブリエルの厳しい態度に狼狽《ろうばい》したようだ。「私がここにまいりました理由を、誤解なさっておいでのようで」

「では、理由とやらを説明するがいい。客を待たせているのだ。マリッサからのことづてがあるのなら、聞こう」

男は肩をいからせると、下襟をぐっと引っぱった。

「ことづてと言うにはいささか複雑な事情があるのです」

「こちらの我慢にも限界があるぞ」

「マリッサ・ソンムは亡くなりました」

亡くなった？　相手の言葉が理解できなかった。あでやかで、美しく、陽気なマリッサが死んだ？　ガブリエルの心に痛みが走った。「どうして？」

弁護士は気の毒そうにうなずいてから答えた。

「癌《がん》です」

すでに長いあいだ音信不通だった相手とはいえ、彼女の死の知らせにガブリエルは動揺した。もう二度とマリッサには会えない。あの笑い声を聞くこともできないのだ。

なぜ、ぼくに連絡してくれなかったのだろう？　力になってあげられただろうに。

「マリッサの死を伝えるためだけに、わざわざここまで来たわけか？」

「それもありますが、あなたの手に渡すべきだと彼女が言い残したものをお届けにまいりました」

「なんだ？」ガブリエルは尋ねた。出会って一年の記念日にプレゼントした、ハート形のダイヤのペンダントを返すつもりか？　あの頃の彼は、すっかりロマンスのヒーロー気取りだった。若く反抗的で、未来のない情熱だけの恋愛ゲームに、頭からのめりこんでいた。「マリッサの何を預かってきた？」

「お嬢さまがたを」

「お嬢さまがた？」二人以上いるということか？　聞き間違いではないかと疑った。

「双子のお嬢さまです」

「マリッサとぼくのあいだに子どもはいない」

「そうではなかったということらしいですな」

弁護士は出生証明書を二枚取り出し広げて見せた。ガブリエルはスチュアートに受けとるよう目配せし、秘書が書類に目を通すのをじっと見ていた。不安でいっぱいの顔をあげた秘書と、彼の視線が合った。

「双子のラスト・ネームはマリッサさまと同じですが、彼女は子どもたちの父親として、殿下の名前をあげておいでのようです」

「ぼくの子であるはずがない」ガブリエルはあくまで言い張った。「二人ともちゃんと注意していた」たぶん注意がたりなかったのだろう。「子どもたちの年はいくつだ？」

「あとひと月で、二歳になります」

　ガブリエルは瞬時に計算した。仲たがいした直後、ヴェネチアに滞在中だった彼の元に、マリッサが押しかけてきたことがあった。あのときにできた子だということか。マリッサは彼にすがりつき、国家への使命を捨てさせようとして最後の勝負をかけてきた。ひと晩中愛を交わして唇をむさぼり合い、熱病にかかったように求め合った。

　未来のない恋だった。ガブリエルには国に対する責任がある。マリッサはそれを受け入れられなくて、彼は二人の関係をずるずると長引かせてしまった。恋のためすべてを捨ててくれるのだと彼女は期待を抱くようになり、彼は彼で責任逃れを楽しんでいた。だが、それが永遠に続くはずはない。シェルダーナの国が常に最優先なのだ。

　もしマリッサの妊娠を知っていたらどうしていただろう？　近くの別荘に住まわせ、こっそり通う？そんなことではマリッサも満足しなかっただろう。ガブリエルのすべてを求め、全身全霊で彼女に尽くすよう強要しただろう。別れた理由はそこだった。彼の身はシェルダーナの国民のものなのだ。

「ただのでっちあげということもございます」スチュアートが言った。

「いや。マリッサはドラマティックなことが好きだったが、こんなばかなまねをするとは思えない」

「ＤＮＡ鑑定をすれば、はっきりするでしょう」

「ではそのあいだは？　あのお嬢さまがたをどうすればよろしいので？」弁護士が横柄に口を挟んだ。

「子どもたちはどこにいる？」ガブリエルは尋ねた。

娘たちに会いたいと気が急《せ》いてしまい、じっとしていられなかった。

「子守役の女性と一緒に、私のホテルに」

後先も考えず、ガブリエルは命令した。「すぐに連れてこい」

「結婚を控えておいでなのをお忘れですか、殿下」スチュアートがたしなめた。「ここにお連れするわけにはまいりません。宮殿中を記者がうろうろしておりますのに」

ガブリエルは不機嫌そうに秘書をにらみつけた。

「ぼくの秘書は、たかが幼児二人を人目に触れずにここへ連れてくる手段もわからんほどのまぬけだということか？」

彼の思惑どおり、スチュアートはあっさり折れた。

「ただちに宮殿へお連れするよう、取り計らわせていただきます」

「よし」

「それでは殿下、皆様がお捜しになる前にパーティーへお戻りください。両陛下が、事態をどうおさめるか最善策をご検討されたいはずです」

いちいちもっともすぎる彼の意見が癪《しゃく》にさわるし、こんな状態でパーティーの主人《ホスト》役を務めないといけないのもガブリエルは嫌でたまらなかった。一刻も早く双子に会いたかった。すぐに弁護士の宿泊先に駆けつけろと本能が告げている。

「二人が来たら、すぐ知らせろ」そうスチュアートに告げると、ガブリエルは部屋を出た。

双子だと？　心臓がばくばくと脈を打っていた。マリッサと同じグリーンの瞳に、豊かなブラウンの髪だろうか？　父親のことは聞いているのか？　宮殿に連れてこさせるのはまずかったか？

国の経済を安定させようという彼の計画にとって、スキャンダルは致命的だった。婚外子の存在を知っても、伯爵は娘との結婚を許してくれるだろうか？

オリヴィアとのあいだに生まれる子以外に彼の子がいることを、認めてもらえなかったらどうする？

次から次へと生まれる心配事を抱えこんだまま、ガブリエルは、何はともあれ、未来の花嫁を彼に夢中にさせなくてはと思った。


オリヴィアはシェルダーナの君主のすぐ隣という誉れ高い場所で、未来の花婿がきらびやかな舞踏場に集う客のあいだをすり抜けていくのを見ていた。あれほどあわてて独立記念日のパーティーを抜け出すなんて、どんな重大なことがあったのかしら。

あと四週間もしないうちに、ガブリエルの妃《きさき》、つまりプリンセスになる。それなのに結婚する相手がどんな人か、ほとんど知らないのがずっと気がかりだった。キャサリン妃がウィリアム王子との恋に見出《みいだ》したようなときめきはなかった。ガブリエルとの結婚は、父であるダーシー伯爵の社交界での地位向上と、シェルダーナの経済発展が目的だった。

誰にとってもめでたい出来事である一方で、ロンドンにいる彼女の友人たちは、なぜ彼女がその気になったのだろうといぶかしんだ。プリンセスになるのが三つのときからの夢だったことは、誰にも内緒だった。子どもの頃は夢を描いていても、成長するにつれておとぎばなしは現実に取って代わられる。でもいくつかの夢はオリヴィアの心に深く根ざし、機が熟すまで影を潜めていたらしい。

なんの気なしに、彼女は大公に向かって言った。

「席を外してもよろしいでしょうか、陛下」

「どうぞ」ハンサムな君主は心からの笑顔で答えた。

オリヴィアは婚約者が向かったほうへと進んだ。すると十歩も行かないうちに、クリスティアン・アレッサンドロが彼女の行く手に姿を現した。

クリスティアンは金色の目を陰らせて油断なく周囲の人々を見ていたが、オリヴィアのほうに微笑みかけたときには、穏やかなまなざしをしていた。

「パーティーを楽しんでいただいていますか？」

「もちろんですわ」婚約者と二人きりで話す計画を阻まれ、ため息を押し殺しながら彼女は答えた。

ここ数年、クリスティアンにはロンドンで何度か顔を合わせていた。大学時代の彼はアレッサンドロ家の三兄弟の中で最も奔放な存在で、勉強よりパーティーに時間を費やし、かろうじてオックスフォード大学を卒業した。プレイボーイともっぱらの噂《うわさ》だったが、オリヴィアには敬意を払ってくれていた。たぶんそれは、彼の女たらしの仮面の下に隠された聡明《そうめい》さをオリヴィアが理解していたからだろう。

「プリンス・ガブリエルが急いで出ていかれましたけど」好奇心に勝てず、オリヴィアは小声で尋ねた。

クリスティアンは、みごとなポーカーフェイスで答えた。「以前手がけた事業の件で何かあっただけですよ。どうってことありません」

「少し動揺されているご様子でしたわ」未来の義理の弟を見つめた彼女は、相手がかすかに目元をひくつかせたことに気づいた。何か重要なことを彼女に隠しているのだ。どくんと胸が鳴った。秘密を持っているのはオリヴィアだけではなかったわけだ。

一年前に、ガブリエルが父であるダーシー伯爵と交渉を始めて以来、オリヴィアは未来の夫について知るチャンスをほとんど得られずにいた。一週間前にシェルダーナに来てからも、事態は進展していない。来月には結婚式だというのに、国会が開催中なこともあって、婚約者と二人きりで過ごした時間は全部で一時間にも満たず、しかもそのほとんどが、一分から五分程度の細切れの時間だった。

ここへ来た次の日、二人で庭園を散策する機会があったが、大公妃の泥だらけの猟犬とのご対面で早々に打ち切りとなった。ガブリエルはすばやく犬を避けた彼女のすばしっこさについて感想を述べてから、ズボンをはき替えるため宮殿へ戻っていった。

昨日はパレード前に馬車の中で一瞬二人きりになり、オリヴィアは帽子を褒めてもらった。

今夜はガブリエルと一緒に五分間もワルツを踊り、とてもきれいだと言われた。

礼儀正しく誠意のこもったやりとりだった。いつでも彼は完璧なプリンスだった。オリヴィアは彼の髪をくしゃくしゃにして、あられもない言葉を浴びせかけ、驚かせてみたいという突拍子もない衝動に駆られていた。もちろん実行する気などない。伯爵令嬢としての世間体はちゃんと心得ている。

クリスティアンはあらためて彼女の注意を周囲に向けさせて、お高くとまった人々のありとあらゆる下世話なゴシップを披露した。いつもならば、オリヴィアもお偉方のスキャンダラスな話をおもしろおかしく拝聴するのだが、ダンスを重ねるごとに部屋の空気は息苦しくなっており、何よりフィアンセのことが気になっていた。

彼女の思いにこたえるかのように、ガブリエルが群衆のあいだを縫ってこちらに来るのが見えた。

彫刻のように堂々としたガブリエルの肩を彼女は目で追った。幅の広い胸はぴったりした白い上着で覆われ、ゆとりを持って勲章を留められるだけの余裕がある。肩から腰にかけて対角線上にブルーのサッシュベルトが巻かれていた。

「放っておいて申し訳なかった」彼女の前まで来て立ち止まったガブリエルが言った。「弟がちゃんとお相手をしてくれていたことと思うが」

「クリスティアンに、この場にいらっしゃる方々の噂話をおうかがいしていましたの」

彼女のいる前で、初めてガブリエルの慇懃《いんぎん》な仮面が外れ落ちた。彼は弟をきっとにらんだ。「何を話していた？」

「ほかの人たちが――兄さんも含めてだが――言わ

ないようなことをさ。彼女がシェルダーナのプリンセスになるのなら、この国の闇の部分についても知らないとね。でないと、ぜんぜんお役に立てないだろうし」

ガブリエルは首を振った。「国の助けとなるためにしろ、ぼくを支えるためにしろ、彼女がこの国の裏事情をあれこれ知る必要はない」

「彼女は兄さんが考えているよりも頭の切れる女性だよ。政治的切り札として大いに活用するべきだ」

「ご意見はありがたくいただいておこうか、弟よ」ガブリエルの口調からは、話はここまでだと言っているのが伝わってきた。

からかうようなお辞儀をして、クリスティアンは去っていった。オリヴィアは少し残念に思ったが、ガブリエルと少しのあいだ二人きりになれて幸せだった。少なくとも、彼が話しはじめるまでは。

「ここへいらしてから、シェルダーナを見てまわる時間をあまり取れなかったのは理解しております」ガブリエルの礼儀正しいよそよそしさに、オリヴィアはいら立ちをつのらせた。「だが、たぶんそれも来週あたりからは変わるでしょう」

「そうなればいいのですけれど」おそらく何も変わらないとオリヴィアは思ったが、それは言わずにおいた。一カ月後に結婚を控え、これから寝る間も惜しむ日々になるだろうに、ましてや物見遊山なんて。

「ワイナリーを訪れるのが楽しみですわ」

「シェルダーナのワインは我々の誇りですから」

「それは結構ですこと」やりとりにうんざりしているのが、つぶやきにまで出てしまった。「お仕事が片づいて、すぐ戻られたので安心いたしました」

「仕事？」

「秘書の方が、何かお知らせに来られていたでしょう。喜ばしくない内容のようでいらしたわ」

「ああ、そうでした。秘書の勘違いだったんです。

なんでもないんですよ」

「それならよかったわ」未来の夫は、質問の矛先をかわすことに長《た》けているらしい。

「ダンスでもいかがですか？」

さほどその気にはなれなかった。疲れていたし、靴がきつくて足が痛む。それでも彼女は微笑んだ。ガブリエルが彼女の手を取りダンスに連れ出すと、ワルツが始まった。オリヴィアは淡々とした表情を保つのにひどく苦労した。彼の手がドレスの背中を伝うと、シルクの生地がガブリエルの手の熱で溶け、じかに触られているような錯覚にとらわれてしまう。まるで体が炎に包まれたみたいな気分だった。

「あなたはお父さまの願いで、結婚をやむなく承諾されたのですか？」ガブリエルが尋ねた。

「なぜ、わたしが父に言われてやむなく結婚するんですの？　女性なら誰でも、大公妃になりたいと願うのではございません？」

「それでは返事になっていませんよ」

「強制されてあなたと結婚するのではありません。多くの人からうらやまれるような機会を与えられたのです」どうしてこんなことをきくのだろうと好奇心が湧いたオリヴィアは、彼の顔をしげしげと見た。「わたしがいずれ、この道を選んだことを後悔するだろうと心配してくださったのですか？　それとも、婚約を破棄する言い訳をお探しなの？」

「そんなことではありませんよ。ただ、あなたが別の人生を望んでいたのかもと思っただけです」

「ほかの人生を歩みたかったと思いながら、日々を過ごす人はたくさんいますものね。普通は、誰もが与えられた場所で生きていかなくてはなりません。貧しさに苦しむ人もいます。子どもを慈しんで育てる親もいれば、出世欲に取り憑《つ》かれて家庭を捨てる方だっているでしょう」その先を続けようとして、オリヴィアは同情するかのように口調を変えた。

「あなたの使命は、この国の経済的安定を確実にすることなのですね。わたしの使命はプリンスと結婚し、いつの日か大公妃になることですの」

「でも、それがあなたの望みなのですか？」

「あなたと結婚して、プリンセスになることが？　もちろんです」

ガブリエルは納得しなかったらしい。「ぼくらは、お互いをよく知る機会を持てないまま過ごしてきた。今後はそこを変えたい」

「それは今からでもすぐできますわ。何をお知りになりたいのかしら？」

「簡単なところから始めましょう。フランス語と、イタリア語を流暢《りゅうちょう》に話されるようになったのはどうして？」

「幼い頃から大勢の家庭教師に鍛えられましたの」

「発音が実にいい」

「語学の才能があると言われていました。話せる言葉はかなりたくさんありますのよ」

「どれだけですか？」

「六つです。理解するだけでしたら、あと三つございます」

「それなら各国の要人をお迎えするときも心強い」

もうイギリスには戻れない。たとえ戻ってもほんの短い滞在しかできなくなるのだという思いで、オリヴィアの胸はふたたび締めつけられた。

「あまり笑わないほうなのですね。違いますか？」

「わたしはいつも笑顔でおりますわ」

ガブリエルにじっと見つめられて、オリヴィアの胸はかき鳴らされたギターの弦のように震えた。

「聞こえのいい台詞《せりふ》を口にするのはおよしなさい。シェルダーナがプリンセスに期待するのはそんなよそよそしさではないし、ぼくの妻にもしてほしいとは思わない」

熱っぽく語る口調といい、言葉に持たせた含みといい、オリヴィアの知識にあったそれまでの彼にはそぐわないものだった。

「ひと言申しあげてもよろしいかしら？　殿下」

彼は顔をしかめた。「ガブリエル、だ」

「そうですけれど」

「オリヴィア」なぜか名前を呼ばれただけで、オリヴィアの全身に愛撫《あいぶ》を受けたような震えが走った。

「きみがぼくのことを、プリンスではなく一人の男として見てくれれば、こんなに嬉《うれ》しいことはない」

背筋がぞくぞくするような要求だった。オリヴィアも本音で語ることに決めた。

「あなたがわたしのことを、経済発展や金融取引と同じ目で見るのをやめて、みずからの望みが何かを知っている一人の女性だとご理解いただけるなら、ご希望にそうようにするわ」

オリヴィアの言葉にガブリエルは目をしばたたいた。驚きはただちに好奇心に変わった。彼女と結婚するのは、シェルダーナの経済活性化のためにどうしても必要だからだ。だがぼくはオリヴィアを、契約書の条項の一つではなく一人の女性として見ている。ようやくそれが通じた。

「きみはぼくが考えている以上の女性らしい」ガブリエルは彼女に息をのむようなターンをさせた。

「光栄ですわ」それだけ答えるのがやっとだった。

オリヴィアは結婚にときめきを期待していなかった。燃えるような恋なんて想像したこともないし、ボーイフレンドとデートしたり一緒に歩いたりした経験もない。今の今まで、自分が男性に特別な感情を抱けるとは思ってもいなかった。

オリヴィアは緊張が解けて、ぼうっとしていた。この結婚には、思いも寄らない可能性が秘められていたのだ。心をはずませて未来に向き合えたのは、本当に久しぶりのことだった。

2

　宮殿内の自分の寝室で、オリヴィアは青いベルベットの長椅子に横になっていた。電気毛布のおかげで生理前のつらい症状はおさまった。高さ六メートルはある天井には漆喰《しっくい》仕上げの飾りが施され、金色に塗られた葉の細工の美しさがオリヴィアの目を引いた。シルクカーテンが重なり合う窓のあいだの細長い鏡からエレガントなシャンデリアに至るまで、息をのむほど美しく、それでいて温《ぬく》もりに包まれたような気分になれる空間だ。

　午前二時を少しすぎたところだった。大公夫妻がパーティーを退出し、抜け出すチャンスを得たあとすぐ最初のずきんとした痛みがあった。幸い痛みは穏やかなものだった。一年前なら痛み止めをのんでベッドに逃げこんでいただろう。ありがたいことにそれも過去の話だった。プリンセスたるもの、体調不良を理由に公の行事を欠席するわけにはいかない。

　そんな彼女の決意をあざ笑うかのように、痛みがまたぶり返してきた。鋭い差しこみを伴って初潮が来たのは十五歳のときだった。毎月のように大量に出血するのが恐ろしくなって、オリヴィアは医者にかかった。子宮内膜症と診断され、経口避妊薬《ピル》の服用で痛みを和らげるようにした。ヨガやマッサージ、はり治療なども症状をおさめるには効果があったが、どれも根本的な解決にはならなかった。

　根治させるためには外科手術が必要だった。

　二十代前半にかけて痛みがしだいに増していったが、腫瘍を取り除く手術になぜ抵抗があったのか、オリヴィアは自分でもわからなかった。不安を母に打ち明けることもできない。彼女を産んだとき亡くなっていたからだ。病状が深刻な状態になっても、オリヴィアは父も含めすべての人に秘密にしていた。秘書のリビーだけが例外だった。マスコミの目に触れずに通院できるよう手配し、体調の悪い日にはうまく取りつくろってくれた。あの八年間、彼女の助けがなければどうなっていただろうと今でも思う。

一年前、子宮内膜症と不妊との関連性という問題に直面した。もし結婚相手が裕福なビジネスマンや政治家、あるいは母国イギリスの貴族なら、夫と二人で話し合い、一緒に解決策を考えられただろう。だが、オリヴィアが結婚することになったのは公国の次期君主であり、プリンセスとなる彼女には世継ぎを産むことが期待されていた。

彼女はひそかに腫瘍の摘出手術を受け、以後ほぼ十二カ月、痛みとは無縁の日々を過ごしてきた。

落ち着かない気分になり、オリヴィアは電気毛布をかたわらにおいて立ちあがった。新鮮な空気と、軽い運動が必要だった。たとえば庭を散歩するとか。

オリヴィアはノースリーブのコットンジャージーのワンピースに着替えると、忍び足でドアから出て、廊下のずっと先にある階段を目指した。そこをおりれば控えの間が、その隣には庭園があるはずだ。

廊下の端まで来たときに、嫌がる子どもの悲鳴が聞こえて彼女はどきりとした。はっきりしないが、どこか上のほうから聞こえてくる。階段までたどり着くと、立ち止まって耳をすませた。心臓の鼓動をもう一度数えるより早く、また泣き声が聞こえたが、今度は二つの声がした。

すぐに彼女は行き先を変更した。だんだん大きくなる子どもの悲鳴と、やはり興奮した様子で静かにさせようとする大人の声を追いかけ、上へ向かった。

階段のいちばん上で、オリヴィアは二つの影が暗い廊下をこちらに向かって走ってくるのを見た。好奇心に駆られて歩み寄ったとき、小さな二つの影を突き刺すようにどなり声がとどろいた。

「カリーナ、ベサニー、とっとと戻っておいで！」

こんな勢いで走ってきたら階段を転げ落ちるのではと心配になり、オリヴィアは膝をついて両手を大きく広げた。道を塞がれ、子どもたちはあわててそこで止まった。目を見開き、不安そうに互いの体に腕を回し、オリヴィアをじっと見ている。

「こんばんは。こんな夜遅くに、どこに行くの？」できるだけ優しい笑顔で、オリヴィアは言った。

「なんてやっかいな子たちなんだろうね！」

廊下は薄暗く、どなった女性はオリヴィアが誰かわからなかったのだろう。でなければこんな下品な口のきき方をするはずがない。子どもたちはびくっと身を縮め、彼女のほうに逃げてきた。距離が近くなり二人の顔が見えて、オリヴィアは目をぱちくりさせた。物が二重に見えているのではないかしら。

二人の女の子は互いを鏡に映したようにそっくりだった。長いブラウンの髪に大きな瞳で、青白い顔色をしている。同じデザインの服を着て、瓜《うり》二つの顔の頬には涙の跡がついていた。

「あんたたち、お行儀よくしていないとね、ここの人たちに追い出されて、行くとこがなくなるよ！」子どもたちを追ってきた女性がまた叫んだ。

もう黙っていられないと、オリヴィアはすっくと立ちあがり、女性と向き合った。驚いたのは二人が大急ぎで彼女の後ろに来たことだ。恐怖のせいか、びっくりするほどの力で服にしがみついていた。守ってあげたいという気持ちが彼女の心に生まれた。

「おやめなさい」オリヴィアは声を荒らげずに命令した。「誰だろうと、こんなふうに脅されていいわけがないわ。まして相手は子どもよ」

追ってきた女性はぴたりと止まり、ふふんと鼻で笑った。「どんな子どもかも、知らないくせに」

「あなたの雇い主は？」オリヴィアは尋ねた。

「あたしは、その子たちのお世話係ですよ」相手は警戒するような顔つきをした。

「ええ、それはわかるけど」オリヴィアは手を子どもたちの頭においた。絹糸のような髪の手触りで、思わずこの子たちの様子に気を取られそうになったが、今はこの〝お世話係〟をどうするかが先だ。

「両親は誰なの?」

「母親は死んだんだよ」

思いやりのかけらもない言葉に、オリヴィアは短く息をのんだ。「なんてことでしょう」

「てんごくにいるの」左側の女の子が言った。

オリヴィアは、目の前にいる女性をますます好ましく思えなかった。娘たちがどんな扱いを受けているのか、父親は知っているの?「この子たちの父親に話をする必要がありそうね。彼の名前は?」

「一週間前に、弁護士に雇われてこの子たちの世話をするようになってね」相手の女性は敵意もあらわに身がまえ、オリヴィアをねめつけていた。

「あら、そう。でも、りっぱにお役目を果たしているとは言えなそうね」

「どうにも話にならないくらい甘やかされた、恐ろしく手のかかる子たちだよ。今すぐベッドに入らせないといけないのさ」彼女は双子から目を離さず、二人をオリヴィアの手から連れ戻そうとした。

右側の子があとずさりした。もう一人は、オリヴィアという後ろ盾を得て反撃に出た。

「あんたなんかだいっきらい」オリヴィアのスカートをつかんで言った。「おうちにかえりたい」

母親をなくした当時のオリヴィアはショックを知るには幼すぎたが、子ども時代の寂しさは覚えていた。これからこの子たちがどんな悲しみに見舞われるだろうと思うと胸が痛んだ。

「このこわい女の人を追い払ってあげたら、お部屋に戻って、ねんねできる?」ブラウンの髪の双子を見おろして、オリヴィアは尋ねた。

「やだ」おしゃべりができるのは一人だけらしい。もう一人は首を激しく振って、いやいやをした。

「おねえちゃんといっしょにいる」

　まあ。ちょっと肩入れしすぎてしまったのかも。でも、ひと晩だけわたしと過ごしたところで、この子たちがそれで傷つくわけでもないでしょう。ベッドは広くてたっぷり余裕があるし、朝になればこの子たちも落ち着くだろう。

「おねえちゃんのお部屋で、ねんねしたいの？」

　双子は同時にうなずき、オリヴィアは微笑《ほほえ》んだ。

「そんなことができるもんか」お世話係が言った。

「おあいにくさま。あなたはお部屋に戻って、荷造りでもするといいわ。すぐ誰かをやって、宮殿から出ていっていただきますから」オリヴィアは子どもたちに手を差しのべ、階段へと向かった。

　階下までおりるのにはずいぶん時間がかかった。幼児の短い脚では、ゆっくりとしか階段をおりられない。双子が消えたと知って、悲鳴をあげる宮殿の住人とは誰なのだろう。世話をさせるために雇った女性の件で、父親に話をするのが待ちきれなかった。

　部屋に戻るとメイドがいて、オリヴィアは驚いた。三人が入ってきたとき、机の上を片づけていたその女性は驚いて顔をあげた。掃除や用事を頼むためにメイドが出入りすることはあったが、真夜中の自室で顔を合わせるとは、思いも寄らなかった。相手も、見つかるとは思っていなかったのが顔に出ていた。

「お片づけをしておきました。レディ・ダーシー」

「夜中の二時に？」

「お部屋に灯《あか》りがついていましたので、何かご入り用なのではと思いまして」

　オリヴィアはメイドの顔をすばやく観察し、宮殿の使用人が百人かそこらいる中からでも、この女性はすぐわかると確信を持った。顔立ちは平凡だが、左目の下に小さな傷があったからだ。

「キッチンに行って、この子たちに温かいミルクを持ってきてくださる？」

「やだ」話せるほうの子が言った。「アイスクリーム」

〝話にならないくらい甘やかされた、恐ろしく手のかかる子たち〟とあの女性も言っていたわね。オリヴィアは少しためらった。でもまあいいわ、わたしが悪いのではないもの。思い切り甘やかしてあげたって、いいじゃない。「チョコレートもかける？」

「うん！」

オリヴィアはうなずいた。「アイスクリームを二つ。チョコレートソースをかけて持ってきてね」

「かしこまりました」

メイドはそそくさと彼女の横をすり抜けて、出ていくときに奇妙な三人連れをちらりと見た。

オリヴィアは暖炉のそばのソファに腰をおろし、子どもたちを呼んだ。「お友だちになりましょう。わたしはオリヴィアよ」

双子は最初ためらっていたが、彼女のそばに来た。オリヴィアは笑顔で自分の隣の場所をぽんと叩《たた》いた。

「座ってね。アイスクリームはちょっと待ってて。お城はとっても広いから」

女の子たちは手を取り合い、目を大きく見開き、とてつもなく広い部屋を言葉もなく見まわしている。どこかアレッサンドロ家の人と似たところがあるとオリヴィアは気がついた。以前見たガブリエルの妹、アリアナの同じ頃の写真に瓜二つだ。「わたしも、ここに来てまだ何日も経《た》ってないの。でも十回以上、迷子になったのよ」なだめるように淡々と語った。「そうなったときは、とっても怖かったわ。でも、とってもすてきなお部屋も見つけたの。下の階には本がいっぱいあるわよ。お話は好き？」

子どもたちは二人そろってこくんとうなずいた。

「わたしもよ。小さい頃、いちばん好きだったのはお姫さまのお話。聞きたい？」双子がにっこりしたので、オリヴィアは語りはじめた。「むかしむかし、あるところに、二人のお姫さまがいました。名前は、カリーナとベサニーといいました」

「あたしたちだね！」


　ガブリエルは執務室でうろうろ歩きまわっていた。マリッサの娘たちの件でクリスティアンと無駄に長い対策会議を終えたあとで、彼を自宅に帰した。宮殿にも専用の部屋があるのに、プライバシーを重視するクリスティアンは、ほとんど使っていない。もし選択の自由があったなら、弟のどちらか一人は称号も継承権も放棄するのではなかろうか、とガブリエルは危ぶんでいた。

　スチュアートが現れた。壁の時計を見ると、もう朝の三時近くだった。マリッサの娘たちがどうしているか、確認に行かせてから三十分経っている。

「それで？」彼は立ちあがって尋ねた。

「二時間前に宮殿にお着きになり、北側の棟の子ども部屋にお連れするよう手配いたしました」慎重を期して宮殿の反対側、つまりロイヤルファミリーの居室からずっと離れた場所にしたらしい。

「双子には会ったのか？」

「まだです」

　ガブリエルはかっとなった。「まだ？　いったい何をしていたんだ？」

「子ども部屋に、姿が見あたらないのです」

「なんだと？」どうすればそんなことになるのか、ガブリエルには想像もつかなかった。「弁護士は、子守役もいると言っていただろう？　子どもがどこにいるか尋ねたのか？」

「その女性もおりません。どうも、衛兵につき添われて一時間前に宮殿から出ていったようです」

「つき添われてだと？　誰が指示した？」

「レディ・ダーシーの秘書が」

　どうして彼女がこの件に関わることになったのか理解できずに、ガブリエルは髪に指を突っこんだ。

「秘書と話をしたか？」

「今は朝の三時でございます、殿下」

「話がしたいと伝えろ」

「ただちに」

　ものの五分も経たずにスチュアートは戻ってきた。

「秘書はレディ・ダーシーの部屋にいるようです」そこで少し言葉を切って言った。「お子さまがたもご一緒です」

　未来の花嫁にあてがった北側の棟に向かいながら、ガブリエルはいら立ちよりも狼狽《ろうばい》を強く感じていた。まさかマリッサの娘たちとオリヴィアが顔を合わせるとは。予想もしなかったトラブルだった。きっと子どもたちを見て、疑いを持っているに違いない。プロポーズ前の限られた交際から予測していたより、オリヴィアは手のかかるタイプらしい。かわいい顔をした上品なだけの女性ではないとクリスティアンにも警告されたが、ものみごとに猫をかぶっていたわけだ。それにしても、どういう理由があってこんなことをしたのか、そこがわからなかった。

　焦ったガブリエルは、つい荒っぽくオリヴィアの部屋のドアをノックした。思ったよりも早くノックにこたえたのは、ごく普通のブルーのスーツを着た、三十代前半の美人だった。廊下に立つガブリエルを見て、目を大きく見開いている。

「子ども部屋からいなくなった女の子たちを、捜しに来たのですが」彼女を押しのけたいという衝動を抑えつつ、礼儀正しい口調でガブリエルは話した。

「ここにいるそうで。入ってもよろしいですか？」

「もちろんです、殿下」相手は一歩さがって、入るよう促した。「レディ・ダーシー。プリンス・ガブリエルがお越しです」

「失礼します」ガブリエルはそう言うと、秘書にはさがるよう身振りで伝え、ドアを閉めた。

婚約者はどこかと、彼は薄暗い部屋を見まわした。暖炉の近くに、オリヴィアがいるのが目に入った。ベッドのほうに注意を向けると、掛け布団の下が膨らんでいるのが見えた。

「夜遅くに申し訳ないが、子どもが二人、姿を消してしまったんだ」

「ベサニーとカリーナですね」

二人の名前を知っているのだ。ほかには何を知っているのだろう？「ここで何を？」ガブリエルが思わずきつい口調で尋ねると、オリヴィアは不愉快そうに目を細めて答えた。

「一つずつアイスクリームを食べてから、眠りにつきました」甘やかな笑顔に、少し厳しさがあった。「世話係として雇われた、あのひどい女性に恐ろしい目にあわされ、自分たちのベッドで眠るのは嫌だと言ったのです。だからここに連れてきました」

「そしてアイスをせっせと食べさせたのですか？」

「母親をなくしたばかりなんですよ。見知らぬ人に生まれ育った家から連れ出され、怖い場所に連れてこられたんです。この子たちの心がどれだけ傷ついているか、わかりますか？」

「子ども部屋は怖くないはずだ」

「この子たちにとっては、怖いところだったんです。世話係のあの女性と同様にね」

「それで、追っ払ったわけですか？」

オリヴィアの目がきらりと光った。「わたしが口を出すべき問題ではないとおっしゃるつもりなのでしょうね。でもあの女性は、小さかった頃に読んだいろんなお話に出てくる、意地悪な魔女さながらの人でしたわ」

憤然とした様子のオリヴィアはチャーミングで、

ガブリエルはいら立ちが静まっていくのを感じた。

「どういう成り行きで出会ったのですか？」

「眠れなかったので、散歩しようと思いましたの。そして階段のところまで来たとき、子どもたちの泣き声と、叱りつける大人の声を聞きました。追いかけてくる女性から逃げようと、廊下を走ってきたんですよ」オリヴィアは唇を引き結んだ。「この子どもたちの父親に話をさせていただきたいですわ。明日の朝、できるだけ早く」

「この子どもたちについては、状況が少し複雑で」ガブリエルはもう一度ベッドの膨らみに目をやった。

「では、説明してください」

彼は今夜ずっと、その問題に頭を悩ませていた。マリッサの娘たちのことを世間に対し公表するのは、両親や、もうすぐ結婚する女性にどう説明するかに比べれば小さな問題にすぎない。

厳しい視線でしばらく彼の表情をうかがっていたオリヴィアが口を開いた。「それで？」

すでに二人がオリヴィアの保護下にある以上、彼女には関係ない話だと言うわけにはいかなかった。同時に、子どもたちの出自がはっきりするまでは、自分の子どもだと宣言するのはためらわれた。

「あなたがおっしゃりたいのは、DNA鑑定のことですね」驚くガブリエルを見て、彼女は笑った。「妹さんの小さい頃にそっくりですもの」

「そうなのですか？」

「お気づきにならなかった？」

「この子たちはここに来たばかりで、ぼくはまだ顔も見ていない」

肋骨《ろっこつ》に響くほど心臓をどきどきさせて、ガブリエルはベッドのほうに歩み寄った。双子が彼の子どもかもしれないという恐怖と、そうであってほしいという期待。二つの感情に挟まれたまま、すやすやと無邪気に眠る双子の顔を見おろした。

目にしたとたんに胸が熱くなり、息が詰まった。マリッサの言葉は嘘《うそ》ではなかった。この子たちは彼の娘だ。柔らかな頬をかわるがわる指でたどり、ほっとしたのと同時に全身の力が抜けていった。

「あなたの子どもだったのですね。違いますか？」

ガブリエルはオリヴィアの顔をちらりと見た。

「この子たちのことは、ぼくも今夜知ったんです」

「その母親だった方を、愛しておられたのですね」

そう言うと、オリヴィアはため息をついた。

彼とオリヴィアは、愛について語ったことなど一度もなかった。二人の結婚は一種の政略結婚だ。しかし、ガブリエルの心がすでにほかの女性のものなのだとオリヴィアが勘ぐっているのなら、あまり愉快ではないかもしれない。

「この子たちのことは、秘密にしておかなければ」

「無理ですわ。この子たちを宮殿に連れてきたその瞬間から、秘密がもれるリスクが生じております」

「そうかもしれない。だが、公表をできるだけ先延ばしにすれば、どうすれば影響を食い止められるか、対策を考えられるだろう」

「もしわたしの父のことを気にされているのなら、それは忘れてください。父は新工場の開設に全力を傾けておりますので」

「では、あなたは？　どう思われますか？」

「あなたがどんな決定をされようと、わたしはそれを支持いたします。けれど、堂々とご自分の子どもだとおっしゃったほうがいいと思いますわ」

ためらいも、嘘や偽りも皆無のまなざしだった。婚約者の元恋人が産んだ子どもの継母になるのだと、わかって言っているのか？　こんなにも思いやりのある女性が、ほかにいるだろうか？

「きみは、ぼくの理解を超えた女性だな」

「殿下？」

「ガブリエル、だ」怒るというより苦笑いしながら彼はたしなめた。「ベッドの中では、ぼくのことを殿下とは呼ばせないよ」

　言葉に込めた情熱がオリヴィアに伝わり、彼女の頬がピンク色に染まった。

「ガブリエル」オリヴィアは言われるままに繰り返した。優しく忍びやかに響く声は、深い仲になった女性のささやきにも似て、彼の血を甘く騒がせた。

「ベッドの中では、あなたを殿下とか、プリンス・ガブリエルと呼ばないよう心に留めますわ」

　いたずらっ子めいたユーモアがブルーの瞳の中ではじけ、知性がきらめいている。この聡明《そうめい》さを、なぜぼくの前では隠していたのだろう？　よくよく考えてみると、彼女と一緒に過ごした時間はあまりにも短かった。オリヴィアをもっと理解していれば、すぐにでもわかっていただろうに。

「そういえば、ぼくはまだきみにキスしていない」ガブリエルは彼女の手を取って、そっと唇をつけた。

「プロポーズのとき、キスしていただきましたわ」

「十二名の立会人の前でね」ダーシー伯爵と親類の前で彼女に結婚を申し出た。あれは形だけの儀式だ。「それに、ぼくの望むやり方ではなかった」

「どんなやり方をお望みでいらしたのかしら？」

　オリヴィアに誘惑されるような言葉をかけられたのは初めてで、じっと見つめられたガブリエルは、受けて立とうという気になった。オリヴィアの顎に触れ、二人の唇が一直線上に並ぶ理想的な角度にした。彼女が長いまつげをふせたのが見えた。

　唇に触れかけたガブリエルが動きを止めたとき、オリヴィアが息をついた。悩ましい一瞬の吐息が、彼の獰猛《どうもう》な性急さを呼び覚ました。唇を押しつけ、オリヴィアの感触を存分に味わいたくなる。しかしガブリエルは思い留《とど》まり、満開のバラが咲き乱れる春の夕べにも似た、かぐわしい彼女の香りに意識を集中させて、はやる気持ちを抑えた。

ガブリエルに何があったのだろう？　以前の彼は結婚に情熱を求めていなかった。だが、親しみが愛の官能に染まり炎となった今は、オリヴィアの奏でる吐息と、セクシーなあえぎ声を一つ残らず試してみずにはいられない気分だった。

「ファースト・キスにはふさわしくない場所かな」かすれた声でガブリエルは言った。異議を唱える体のうずきを感じて、彼は一歩後ろにさがった。

マリッサの前にもあとにも、こんなふうに理性を失わせる女性はいなかった。当然、世界中の誰にもできないと思いこんでいた。

彼の腕に抱かれたオリヴィアが喜びを味わいつくすまで、ひと晩中愛を交わしたい。この降って湧いたような欲望は、ガブリエルの当初の計画になかった。彼が必要としていたのは、公の場で彼の隣を華やかに彩る女性であり、穏やかな温もりで彼の寝床を温めてくれる人のはずだった。

重要なことは、穏やかに温めるということだ。火をつける、ではなく。

「この子たちは、今夜ここにいるべきですわ」オリヴィアのつぶやきで、ガブリエルはもう一つの現実に引き戻された。

ガブリエルは反対しようとしたが、オリヴィアがそれを速やかに察して先手を打ち、首を振った。

「このままにしてあげて。たったひと晩で、あまりに多くのことを体験したんです。目を覚ましたら、親しい人がちゃんといるようにしてあげないと」

「つまり、きみがその親しい人なわけかな？」

「アイスクリームでおもてなしいたしましたもの」オリヴィアは明るく微笑んだ。「友だちになったわたしの顔を見たら、きっと喜んでくれるでしょう」

「確かにそのとおりだな」ガブリエルは眠っている双子たちにちらりと目をやった。「その上、きみは美しい」

3

長椅子ではよく眠れなかった。ベッドで寝たとしても、熟睡できたかどうかはわからない。オリヴィアは頭の中で、今夜の出来事をずっと考えていた。双子の女の子を助け、その子たちがガブリエルの子だと知り、最後は彼とキスしそうになった。

どうして彼はためらったのかしら？ 騒動の前にワルツを踊ったとき、彼の目に情熱が見え隠れしたように思えたのは気のせいだったの？

ガブリエルが去った直後から、オリヴィアの胸に疑いがわだかまっていた。彼女は男性経験が豊かなほうではない。軽薄な火遊びに手を出したことなど一度もなかった。潔癖すぎるのではと友人たちからブーイングを浴びていたが、実を言うとオリヴィアは同じ貴族階級の男性には魅力を感じなかったのだ。ひょっとしたら不感症ではと自分を疑っていたかもしれない。大学に入ったばかりのときに遭遇した、あの出来事がなければ。

友人と仮面舞踏会に出席したときのことだった。ロンドンでも悪名高い独身貴族が主催した集まりで、本来なら彼女のようなお嬢さま育ちの女性が参加するような集まりではなかった。衣装と仮面のおかげで身元は知られずにすんだが、出席者は普段つき合ったことのない怪しげな人ばかりだった。中には酒とドラッグで羽目を外す者もいて、そのうちの一人に彼女はうかつにも捕まってしまった。

相手は体格と腕力に物を言わせてオリヴィアを壁に押さえつけ、スカートの下から手を入れてきた。ぬめぬめした唇を喉元に押しつけられ、嫌がって必死でもがいたけれど抜け出せなかった。次の瞬間、男は少し離れた床の上にだらしなくひっくり返っていた。血まみれの鼻を両手で覆い、割りこんできた背の高い男性に向け何やらののしっているようだが、もごもごとしか聞こえてこない。

廊下は暗く、助けてくれた人をはっきり見ることができなかったし、オリヴィアはまだ動揺していた。それでもどうにか、感謝の微笑《ほほえ》みを浮かべて言った。

〝助けてくださって、ありがとうございます〟

〝きみはここに似つかわしくない〟見知らぬ男性はそう答えたが、言葉にわずかな癖があった。〝若い女性が来るには問題のある場所だ〟

オリヴィアは頬を熱くし、自分の愚かさを恥じた。友人を捜して、彼女は招待客のあいだを縫うように視線を走らせた。〝今度来るときには、パーティーバッグにスタンガンを入れてきますわ〟

男性は微笑んだ。〝二度目は、なしにしなさい〟

〝おっしゃるとおりね。わたしはこんな場所にはふさわしくなかったわ〟広間の向こうに友人を見つけた彼女は、そろそろ退散しようと決心した。〝お目にかかれて嬉《うれ》しかったわ。こんな場所でなければよかったのに〟我知らず、爪先立ちしたオリヴィアは男性の頬に唇で触れてささやいた。〝わたしの王子さま〟

その場を去ろうとしたとき、相手がオリヴィアの頬に手を添えて、ふいにオリヴィアの唇を奪った。よろめいた彼女は男性のたくましい腕に倒れこんだ。彼の指がしなやかにオリヴィアの肌をとらえ、彼女を抱き寄せる。魔法をかけられたようだった。

オリヴィアは深いため息をついた。もう七年が経《た》つけれど、あんなにすてきなキスは二度となかった。相手の名前はわからない。だからこそ、今でも記憶の中で鮮やかによみがえるのかもしれない。

だめね。ロマンティックな思い出に浸ったりして。誠実で善良な男性と結婚しようというときに、ほかのことに気を取られるなんて。

部屋が明るくなってきたので、オリヴィアは眠るのを諦めてノートパソコンを取り出し、ガブリエルの過去のロマンスについて検索した。マリッサ・ソンムという名の、アメリカ人とフランス人の両親を持つモデルの女性との、数年来の交際について書かれた記事がいくつか見つかった。

オリヴィアはかつての恋人たちの写真を検索した。満面の笑みを浮かべるガブリエルとまばゆいマリッサの笑顔を見ていると、彼女が平民でなく未来の大公を産むのにふさわしい女性だったら、二人は結婚し、幸せに暮らしていただろうと思えてきた。

ガブリエルは恋よりも国を取ったのに違いない。そしてマリッサは姿を消したのだ。

小さな声がベッドから聞こえてきて、オリヴィアは立ちあがった。子どもたちが目を覚ましたらしい。二人はふかふかした上掛けを頭からかぶり、居心地よさそうにすっぽり隠れていた。

アレッサンドロ家は双子や三つ子が珍しくない家系なのね。わたしも双子を産んで、いつの日かその子が宮殿の中を走りまわるようになるのかしら？

オリヴィアは上掛けを少しずつずらしていった。

「誰かがぼくのベッドにいるぞう」オリヴィアがおもしろおかしく言うと、くすくす笑い声が起きた。

「まだここにいるなあ」

大きくて意地悪な熊になったつもりでうなり声をあげ、子どもたちをくすぐろうと手を伸ばした。二人はきゃあっと嬉しそうに大声をあげた。昨夜はおびえて反抗的だったのに、すっかり別人のようだ。

オリヴィアはベッドに座った。ガブリエルがすぐ来るだろうし、この子たちも準備をしないとね。大公夫妻に話が伝われば、彼らも孫に会いたがるでしょう。目の回るような一日になるだろうから、前もって心の準備をさせておかないといけないわ。

「今日はね、たくさんの人に会うのよ」オリヴィアは二人に言った。「びっくりするかもしれないけど、怖がらなくてもいいからね」

「パーティーなの？」

「そうね」この子たちが、不安を遠ざけておけるのなら、そういうことにしておこう。

「おたんじょうびの？　ママが言ってたよ」

ベサニーの台詞《せりふ》で女の子たちは母親を思い出してしまった。カリーナの唇が震える。オリヴィアはあわてて気を紛らわせようとした。

「あなたたちは、何歳になるのかしら？」彼女が指を二本立てたのを見て、二人は首を横に振った。

「これだけ」ベサニーが指を一本立てた。

「でも、それにしては大きいから、もうすぐ二歳のお誕生日なのね、きっと」

「ポニーもらうんだよ」ベサニーが得意げに言った。

それはちょっとどうかしらとオリヴィアは思った。

「ポニーを飼うには、まだ小さいんじゃない？」

「わんちゃんがいい」カリーナが初めて口を開いた。

それならありそうな話だ。

「ポニーだもん。ママが言ってたよ」

「ポニーなら、馬小屋にいるかもしれないわよね」

「じゃあ、すぐいく！」ベサニーが満足げに言った。

「やだ」カリーナは首を振った。「わんちゃん」

「あらあら、まだ馬小屋に行くには時間が早すぎるわよ。服を着て、何か食べてからでないとね。それから、あなたたちのお部屋に戻りましょう」

「いや」カリーナの大きな瞳に恐怖が浮かんでいた。

何が嫌なのか、オリヴィアにはすぐわかった。

「大丈夫よ。こわい女の人なら、もう行っちゃった。優しいお姉さんがお世話してくれるわ」

「ここにいるもん！」ベサニーがプリンセスらしい尊大な口調で言った。

「それはだめかもね」オリヴィアは答えた。

「どうして？」

「このベッドはわたしのベッドだし、みんなで一緒にねんねするなら、もっと大きくないと」

「ママとはいっしょにねんねしたよ」

どうしてか、二人はまた母親のことを思い出してしまっていた。この子たちが落ちこむのではないかとオリヴィアは息を詰めて見守ったが、二人はベッドのマットレスがとてもよくはずむことに気がつき、笑いながらぽんぽん飛び跳ねはじめた。楽しそうな二人を見ていると、叱る気も失《う》せてしまう。

双子たちがベッドを飛びおりて部屋を走りまわり、窓の外を見て、バスルームを探検しているあいだ、オリヴィアは誰かがそっとドアをノックする音を聞いた。秘書のリビーだろうと思いドアを開けると、意外にも、そこに立っていたのはガブリエルだった。エレガントなチャコールグレーのピンストライプ・スーツに白いシャツを合わせ、ワインレッドのネクタイでぴしっと決めている。

「早すぎたのでなければいいが」彼はそう言うと、部屋に入ってきた。そのあとに何人かメイドが続き、うち一人は銀のドームカバーをかぶせた皿をのせたワゴンを押していた。おいしそうな匂いがしてくる。

オリヴィアは髪を撫《な》でつけながら、まだメイクもしておらず、身支度もろくにしていなかったことが嫌というほど気になった。そういえば歯も磨いていない。「とんでもありません、どうぞ。子どもたちにお会いになりたいのでしょう」

「ああ」ガブリエルの視線は、彼女の肩先をかすめていった。緊張感をはらむ金色の瞳に、わずかだが他人行儀な態度が感じられた。

オリヴィアは気づいた。ガブリエルは双子の母親のことを考えているのに違いない。胸を締めつけられながら、彼女は子どもたちのほうを向いた。「ベサニー、カリーナ。こっちに来てちょうだい。この人は……」どう紹介すればいいのだろう。

ガブリエルは先を続けた。「きみたちのパパだ」隣にいたオリヴィアが驚きではっと身を硬くしたのが、ガブリエルにも伝わった。

オリヴィアが手を差し出すと、双子も彼女のほうに来た。オリヴィアは一人ずつ、まず右側にいた子を紹介した。「この子がベサニー。そしてこちらがカリーナです」

ガブリエルにはまったく区別がつかなかった。

「どうやって見分けを？」

「ベサニーのほうがおしゃべり好きなの」

このときは、双子のどちらも口を開かなかった。おそろいのナイトガウンを着て、ぽかんと口を開けている。

ガブリエルは膝をついた。「こんにちは」わが子を抱きしめたいのをこらえ、彼はめいっぱい優しく微笑んだ。

ベサニーと呼ばれた子が、けげんそうにちらりとガブリエルを見て言った。「おなかすいた」横柄な言葉つきが、マリッサに似ている。

「何を食べたい？」ガブリエルが二人に尋ねた。

「卵にパンケーキ、フレンチトーストもあるよ」

「アイスクリーム」

「朝からアイスはいけないな」ガブリエルが答えた。

オリヴィアは、二人のやりとりをおもしろそうに見ていた。ブルーの瞳を輝かせる彼女は、エレガントな貴婦人というよりお茶目な少女のようだ。

「アイスがいい。チョコもかける」

「アイスはあとでだ」ガブリエルはこれまでにも手《て》強《ごわ》い交渉相手に会ってきたが、この子ほど決然とした態度で食いさがってくる相手は初めてだった。

「お皿のもの、みんな食べてからだよ」

「アイスほしい」

「シロップをかけたワッフルはどうだい？」笑みを

浮かべ、彼は声を和らげた。双子はじっと動かない。

「オリヴィアおねえちゃん」泣きだしそうな顔で甘えるベサニーの微笑ましさに、ガブリエルは口元が緩むのをどうにも抑えられなかった。

「だめよ」オリヴィアは首を振った。「パパの言うことを聞かなきゃね。どうしたらいちばんいいのか、パパはちゃんと知っているの」そう言って、彼女は双子たちをテーブルに連れていき、椅子にのせた。

「補助椅子がないわね。椅子の上で膝をつかないといけないわ。できる？」

双子がうなずき、ガブリエルは子どもたちのあいだにある椅子を引いて、オリヴィアもここに座るよう促した。だが、彼女は首を振った。

「子どもたちと少し一緒にいてあげて。わたしはシャワーを浴びて着替えてきますわ」そしてにっこり微笑むと、バスルームへ向かった。

オリヴィアがドアの向こうに消え、ガブリエルの関心は完全に双子に移った。「何を食べようか？」

グリーンの瞳がじっと彼に注がれていた。根負けしてアイスを食べてもいいよと言ってくれないかと、ひたすら見つづけている。ガブリエルは腕を組み、じろりと視線を返した。年端も行かない子ども二人を相手にして、舐《な》められるわけにはいかない。

「パンケーキ」

そのひと言を合図にしてにらめっこが終わり、彼はパンケーキを出すようメイドに身振りで伝えた。

大きなパンケーキを二枚たいらげた双子は、やっと食べるスピードを落とした。ガブリエルが二人の食欲に驚いていると、バスルームのドアが開いて、オリヴィアが姿を現した。

ブロンドの長い髪が緩やかなウエーブを描いて卵形の顔のまわりを縁取り、ブルーの瞳がマスカラとブラウンのアイシャドーで引き立っている。身にまとうのは海の泡で染めたようなブルーのシンプルなラップドレスで、細いウエストと胸や腰のラインが強調されている。素足にピンヒールのミュールを履いて、一七〇センチ近いすらりとした彫刻のような体がさらに一〇センチ高くなっていた。

ガブリエルはみぞおちに一発食らったようなショックを感じ、しばらく息もできなかった。この美しさは不意打ちだ。内なる欲望が気炎をあげた。常にエレガントで、落ち着き払ったクールな存在であるオリヴィア。美しい芸術品を鑑賞するような思いに駆られ、ガブリエルは彼女に称賛のまなざしを向けた。

一カ月すれば、彼女は正式にガブリエルのものになる。だがもはや結婚式の夜まで待つつもりはない。もし昨夜、双子がオリヴィアのベッドにいなければ、その場で彼女の純潔を奪ってしまっていただろう。オリヴィアへの欲望が、体の中で熱くたぎっていた。

その欲望が、彼に待ったをかけた。オリヴィアを選んだときには、この感情を避けて通るようにしていたのではなかったか？　彼女への欲望をうまくコントロールできるのか、確かめないといけない。

「コーヒーはどうだい、オリヴィア？」

「いただきますわ」かすかに微笑んだオリヴィアは、以前に比べて彼の前でもリラックスしているように見受けられた。「今朝のわたしには、カフェインがどうしても必要だわ。長椅子は見た目がよくても、寝心地のいいものではありませんわね」

「少しは眠れましたか？」

「ええ。一時間かそこらは」彼女はスクランブルエッグとフルーツ、そしてクロワッサンを皿にのせた。そして彼の視線に気がつき、苦笑いを浮かべた。「ここで出されるパンは本当においしくて。太らないように十分運動もしないと」

「この子たちの件を両親に話し終わったら、たぶん庭園を散歩するぐらいはできるだろう」

「すてきだけど、そんな時間はなさそうだわ。結婚式の準備でスケジュールがいっぱいですもの」

「ぼくだって三十分くらいは国の仕事をほかの人に任せられるし、きみも秘書に頼めば多少は予定を調整してもらえるよ。結婚式まであと一カ月を切ってしまったのだから、少しは二人きりで過ごす時間を取るべきだろう」

「それは命令ですの？　殿下」

　オリヴィアのおどけた口調に、彼も眉をあげた。

「命令しないといけないかい？」

「わたしのスケジュールを決めているのは、あなたのお母さまよ」

「母には、ぼくから話をつけよう」

「お庭の散歩はさぞ楽しいでしょうね」

「ポニー、みたい！」ベサニーが大きな声を出して、大人のやりとりに割りこんできた。

「ポニー？」おうむ返しに言ったガブリエルが、説明を求めてオリヴィアに目を向けた。

「ベサニーはどうやら誕生日にポニーがほしいようなの。まだ小さすぎて無理だと言ったのだけれど、もしかしたら、厩舎《きゆうしや》に行けばポニーがいるかもしれないと思って」

「ぼくの知る限りではいなかったと思う」娘たちががっかりしたのを見て、ガブリエルはこの子たちの笑顔をもう一度見たくてたまらなくなった。「でも、ぼくの勘違いだったかもしれないな」あとでスチュアートに、ポニーを二頭、娘たちのために用意するよう言っておこう。

　ドアをノックする音がした。オリヴィアの秘書とスチュアートが現れた。朝の静けさとも、そろそろお別れのときが来たとガブリエルは悟った。

「ちょっと失礼」ガブリエルは部屋を横切り、秘書を連れて廊下へ出た。「なんだ？」

「両陛下が間もなくこちらへ」

「どうしてわかってしまったんだ？」娘たちの件は、まずぼくから伝えようと思っていたのに。

「深夜に子どもが二人、宮殿に来たのは見逃しようがありません。殿下がいらっしゃらなかったため、大公妃さまが私《わたくし》をお呼びになって――」

「それで、何もかも白状したわけか」

「大公陛下が単刀直入にお尋ねになりましたので」スチュアートはそう説明し、いまいましそうな顔の主人に言った。「殿下の上に立つお方ですから」

「ガブリエル、ここにいたのですね。すぐ孫に会わせてちょうだい」母が廊下をこちらに向かってきた。隣には父もいて、口元に緊張がはっきり見てとれる。四十年近く大公妃の座に就いている母は、何が起きようと平然とした態度を崩さない人だった。だが、息子が婚外子の父親になったとあっては、さすがに落ち着き払っていられなかったらしい。「レディ・ダーシーにはお伝えしたのですか？」

「はい。昨晩」彼は母親がぎょっとして目を見開いたのに気づき手をあげた。「オリヴィアは逃げ出してきた双子に偶然出会って、子どもたちと一緒にひと晩過ごしたんです、母上」

大公の淡いブラウンの目からきつい視線が息子に注がれた。「それで、おまえの婚約者はそのことをどう考えているのかね？」

外向きのことについては駆け引きを重んじる両親だったが、家族に対しては遠慮なく切りこんでくる。無駄な質問に時間を費やすようなことなどしない。むろん、ここまでの大事件は過去に例がなかったが。

「婚約した男性が、本人も知らないうちに双子の父親になっていたとわかっても、オリヴィアはぼくと結婚したがっているのか、と？」

「そうなのか？」

眉をひそめた父を見て、ガブリエルはいら立ちをぐっとこらえた。不注意を指摘されるのは嫌だった。

しかし、情熱に流され分別を忘れた行動に走ったのは事実だ。投げやりな気持ちで息を吐き出すと、彼は答えた。「はい。今のところは」

「ダーシー伯爵はご存じなのか？」

「まだです。だが、双子は宮殿にいる。そう遠くないうちに事実が明るみに出るでしょう」

「伯爵は、事業からも手を引いてしまうかしら？」

母の顔色が曇った。

「そうは思わない、とオリヴィアは言っています。彼は娘をロイヤルファミリーと結婚させたがっていますし」

「マスコミにはどう発表するか、考えたのか？」

「ぼくの娘だと言います」ガブリエルは答えた。「記者会見をしましょう。それ以外の手を打ってもすべて失敗に終わるでしょうから。オリヴィアは、ひと目で双子がぼくとそっくりだと気づきました。アリアナが小さかった頃に瓜《うり》二つだ。包み隠さず、すべてを公にするのが最善の手です。そうすれば、スキャンダルを最小限に抑えられるかもしれない」

「もし抑えられなければ？」

「乗り切ってみせます」

「わたしたちもな」大公が言った。「レディ・ダーシーが、マリッサの娘を育てるのを嫌がるとは思わなかったの？」

ガブリエルも当初はその点に疑問を持っていたが、昨夜からのオリヴィアの言動を見て、誰もが驚くだろう彼女の隠された一面をすでに理解していた。

「それが問題になるとは思えません。彼女はすでにあの子たちを守ってあげたいと意気込んでいますし、子どもたちもすっかりなついています」

大公妃はため息をつき、首を振った。「そういうことなら、宮殿にまた子どもを迎えられるなんて、本当にすばらしいことだわ。あなたの娘たちに会いに行きましょう」

4

ドアが開いて大公と大公妃が入ってきたとき、オリヴィアはくつろいだ様子で立ち、二人を迎えた。秘書が前もって教えてくれたので、双子の手や顔が汚れていないかも確認ずみだ。いちだんと見慣れない人たちが来たので、ベサニーとカリーナは気後れして、オリヴィアの背後に隠れてしまった。

「お父さんのお母さんなのよ」二人をそっと前に押し出し、オリヴィアは言った。「あなたたちに会いに来られたの」

カリーナはいやいやをしたが、ベサニーは祖母をじっと見ていた。双子を見た大公妃はその場に立ちすくみ、夫のほうへ手を伸ばした。

「ガブリエル、あなたの言うとおりだわ。アリアナが同じ年頃だったときに瓜《うり》二つですよ」彼女は手近にあった椅子に座り、こっちへおいでとベサニーに手招きをした。「お名前はなんというのかしら？」

とことこと大公妃のほうへ歩いていったベサニーを見て、オリヴィアはほっとした。

女の子は手が届かないぎりぎりのところまで進み、相手をしげしげと眺めた。「ベサニー」

「よろしくね、ベサニー」大公妃はカリーナのほうを見た。「あなたのお名前は？」

ベサニーが代わりに答えた。「カリーナ」

「年はいくつになるのかね？」大公に尋ねられて、ガブリエルは答えた。

「あと数週間で、二歳になります」

「わんちゃんは？」カリーナがようやく口を開いた。

「わんちゃんならいますよ。会いたいのかしら？」

カリーナがうなずくのを見て大公妃は笑顔になった。

「メアリー」彼女はメイドに声をかけた。「ロージーを連れてきておくれ」キャバリア・キング・チャールズ・スパニエルは人なつこく、子どもが大好きで、大公の猟犬よりもずっとおとなしい犬だった。

　メイドは五分で犬を連れて戻り、ロージーに顔を舐《な》められた双子は笑い声をあげた。

「ガブリエル。少しのあいだ、レディ・ダーシーと休憩してきてはどうですか。子どもたちは、わたしたちが見ていますから」大公妃が言った。

　オリヴィアはすぐにそれと察し、ガブリエルを促して部屋を出ると、階段をおりた。

「抜け出せるのも、今のうちだしね」彼も小声で言い、裏口から庭園へとオリヴィアを誘《いざな》った。

　五月も終わりに近い時期で、朝の空気はかすかにひんやりとしていたが、羽織るものを取りに行かせようかと尋ねられたオリヴィアはかぶりを振った。

「日差しのあたるところを歩こう。すぐに体も温まるだろうから」

　ガブリエルはフィアンセの手を取り、肘の内側に軽く添えた。たくましい体に触れるともなく触れるのを感じ、オリヴィアはうっとりしながら散策路をガブリエルにエスコートされて歩いた。

「ありがとう。娘たちのことで、きみにはすっかり世話になってしまった」

「あの子たちが、これから母親なしで生きなければならないと思うと胸が痛みます。けれど、あなたのような父親がいてくださったのは幸いだったわ」

「きみ自身も、お母さまを知らずに育ったのだったね？　出産の際に亡くなられたとか」

　その話はガブリエルにはしていなかったはずだ。

「お互い、相手のことは調査ずみなのね」

「ぼくはこの結婚を、ビジネス上の取引のように扱っていた。その点についてはお詫《わ》びする」

「お気遣いは無用よ。この結婚がどういうものなのか、ちゃんと心得ていますもの」自分の言葉に少しだけ皮肉を感じ、彼女はふと苦笑した。

「今からでも、オリヴィア・ダーシーについて知っておくべきことをもっと知りたいな」

オリヴィアは一瞬パニックで頭が真っ白になってしまった。妊娠の妨げになる病歴があると話していなかったのがわかったら、どうなるだろう？　過去の話とはいえ、重要な事実を隠していたことに彼は怒るかもしれない。

「レディには謎の部分が必要ですのよ」そう言うと、彼女は長いまつげ越しにガブリエルを見上げた。

「すべてわかってしまったとたんに、わたしに興味を失ってしまったら困るでしょう？」

「きみに秘密があるとは思ってもみなかった」半ば独り言のようにガブリエルがつぶやいた。

「女性なら誰でもそうじゃありません？」

「互いに隠し事はなしですめば、そのほうがいい」

「昨夜《ゆうべ》、あのようなハプニングを体験されたばかりですものね。そうおっしゃるのも理解できるわ。それで、何を告白されるおつもりかしら？」

「ぼくがかい？」

うまく立場を逆転させられたと、彼女は心の中で祝杯をあげた。「互いをよく知ろうとおっしゃったのはあなたよ。まずそちらから、やり方を示してください」

興をそそられ、ガブリエルが金色の瞳を輝かせた。

「何が聞きたい？」

「どうしてわたしを選ばれましたの？」

「きみのような女性ならば、君主の妻として国民に愛される存在となるに違いないからだよ」

「国民に、なのね」彼の言葉を噛《か》みしめながら、オリヴィアは静かな池を泳ぐアヒルを眺めていた。

わたしのようになりたいと夢見る女性はどれだけいるでしょうね。考えてみればおかしな話。現実がどういうものか知ったあとでも、わたしに取って代わりたいと思うのかしら？

だが、シェルダーナのロイヤルファミリーに嫁ぐということは、オリヴィアが心から望んでいた事業に取り組む機会が与えられるということだ。恵まれない子どもたちの救済活動に従事するオリヴィアを、国民は目のあたりにするだろう。プリンセスとして、未来の大公妃として、彼女は児童問題に人々の目を向けさせる絶好のポジションに就くことができる。

「国民の期待を裏切らないように、精いっぱい務めさせていただくわ」

「そう言ってくれると信じていたよ」

ガブリエルがオリヴィアの頬を手のひらで覆い、彼女と目を合わせた。オリヴィアの胸が高鳴った。彼はわたしを求めている。体の芯から広がっていく欲望が声高にそう叫んでいた。

ガブリエルに見つめられ、夢心地のオリヴィアの唇すれすれを彼の唇がかすめた。肩すかしを受けてふっと気が緩み、それがいっきにオリヴィアの体に広がっていった。しかし続けて、ガブリエルの舌先が閉じた唇のあいだをたどりはじめたとき、せつない声がオリヴィアの胸の中ではじけた。力強くラインを描くガブリエルの舌を喜んで迎えようと彼女は身を乗り出し、厚い胸板に豊かな胸を押しあてた。

後ろで咳払《せきばら》いがした。「失礼いたします、殿下」

ガブリエルは体をこわばらせ、唇を離した。胸を波打たせ、彼は指先でオリヴィアの下唇を撫《な》でた。

オリヴィアは冷静さを保っていられなかった。早々に切りあげられたとはいえ、女性の期待をまとめて詰めこんだようなキスだった。経験の豊かさを感じる情熱的なキス。少しだけ罪の香りがした。

スチュアートがもう一度咳払いをした。「お邪魔して申し訳ありません。ですが、マスコミに双子の存在を感づかれました」

「どうして、こんなに早くかぎつけられたんだ？」

　彼の冷ややかな声の陰に、さっきのキスに感じた情熱の熾火《おきび》がまだ消えずに残っているのを、オリヴィアは感じとっていた。

「双子を連れてきたあの弁護士が話したのでは」

「そうは思えん。やつにはなんの利益もない」

「では、宮殿内の誰かでしょうか」

「昨夜、双子が来たのを知っているのは誰だ？」

「子ども部屋の準備をしたメイドたちですが、かれこれ十年以上ここに勤めている者ばかりです」

　深夜に彼女の机を片づけていた、あのメイドではないかしらとオリヴィアは考えた。あらためて考えてみても、やはりおかしな話だと不審に思った。しかし、宮殿の従業員は選《よ》りすぐりのスタッフばかりなのだ。あのメイドにしても、言葉どおりのことをしていただけかもしれない。

「きっと、双子の世話係をしていた女性だわ」そうと確信したオリヴィアは、しゅんとした。「わたしがここから追い出した」

　秘書が考えこんでから言った。「弁護士は、世話係には双子の身元を絶対に教えていないと断言しておりましたが」

「それは、双子と一緒に宮殿に連れてこられる前の話だろう」ガブリエルが言った。

「わたしのせいですね」オリヴィアはつぶやいた。「勝手にあんなことをするべきではなかったわ」

「娘たちには不適切な世話係だったし、きみだってよかれと思ってしたことだ」ガブリエルが彼女を元気づけた。「それにどのみち、あの子たちのことを長くは隠しておけなかった」

　世間の目にさらされる生活には慣れていたが、オリヴィアはこんな熱狂的なメディアの好奇の目にさらされた経験がなかった。ロイヤルウエディングも近いとあって、マスコミは蜂の巣をつついたような騒ぎになっているに違いなかった。

二人は手を取り合い、ロイヤルファミリーの専用サロンに入っていった。クリスティアンとアリアナもいた。ガブリエルはテレビに注目した。昨夜遅く着いたばかりの双子たちの件で、これだけの情報がマスコミを賑《にぎ》わしていることから考えても宮殿内の人物が情報を流したのは間違いない。画面に映ったレポーターが、好き勝手に憶測を並べ立てている。

〝強大な権力を持つシェルダーナ大公が、マリッサ・ソンムに大金を払い身を引かせたのでしょうか。彼女が隠れるように娘たちを育てたのは、子どもたちを連れていかれないためだったのでしょうか〟

画面にマリッサの顔が映った。ナレーターが彼女の経歴を読みあげる。オリヴィアは抗《あらが》いがたい力に促されるように、テレビ画面に引きつけられていた。ヴォーグ、エル、ハーパーズバザーの表紙を飾るかつての恋人の写真が次から次へと映し出されて、ガブリエルの心に狼狽《ろうばい》が広がった。美しいマリッサ。ありえないほどの美貌。

ベサニーとカリーナは、大きくなったらかなりの美人になるだろう。あの子たちも母親と同じようにファッション業界に進むだろうか？ カメラマンが群がるだろう。とんでもない双子アイドルの誕生だ。だが、アレッサンドロ家の人間たるもの、そんなことで生計を立てていいのか？

その疑問を突きつめれば、娘たちの出自の問題にどうしても行きあたってしまう。二人は婚外子だ。母親の死で、その事実はもはや動かしがたいものになった。ガブリエルの胸に痛みが走る。あの年では、母のことはほとんど忘れてしまうだろう。実の母の愛情に二度と触れることなく、二人は成長するのだ。

幸せいっぱいといった様子で、若いガブリエルとマリッサが笑顔で互いの体に腕を回している画像が映ると、オリヴィアが身を硬くしたのがわかった。次々に画面に出る写真の多くはパパラッチの撮ったものではなかった。カリブにあるプライベート・アイランドでのヴァカンス中のものまであった。

ガブリエルとマリッサの嵐のような情熱の日々の映像にオリヴィアの視線が吸い寄せられていくにつれ、ガブリエルも不安をつのらせた。当然だが、レポーターは二人の関係をよりドラマティックに、現実以上に悲劇的に見えるよう脚色していた。

オリヴィアの秘書が彼女に近づき、そっと何かを耳打ちした。オリヴィアはうなずくと、ガブリエルのほうに来た。

「父がわたしに話があるそうです」

「ぼくも行こう」

「あなたはここにいらっしゃって。話が外にもれてしまった以上、今後の対応をご家族で相談なさってください」

もっともな言葉だった。だが、誤解を解かずに、気まずいまま彼女を独りで行かせてもいいものか、ガブリエルは迷った。「二人きりで話したい」

「ウエディングドレスの試着が、十時にあります。十二時前には戻りますわ」

「ぼくのほうはランチミーティングの予定が入っている。後回しにはできない。ぼくの執務室に行き、この件を二人だけで話し合おう」

「あなたがお望みなら」

オリヴィアの冷静な口調にいたたまれないものを感じながら、ガブリエルは部屋から出るオリヴィアの腰に手をあててつき添った。こんなことで二人の絆《きずな》が試される前に、数カ月かけて心を通わせる関係になっておけばと後悔せずにいられなかった。しかし、それは当面の問題ではない。執務室のドアを閉めたガブリエルの心は、一生消えないしこりを残さず、この嵐を乗り切れますようにと祈るような気持ちでいっぱいだった。

「ショックを受けているんだね、オリヴィア」

「双子のことを考えていただけです」彼女の冷静な口調と凛《りん》とした様子は、ついさっきガブリエルの腕の中でとろけそうになっていた情熱的な女性の姿とは別物だ。胸が締めつけられるような気がした。

「わたし、あの子たちを結婚式に列席させてもいいかもしれないと思っていたの。わたしのウエディングドレスのデザイナーの、ノエル・デュボンに相談するつもりですわ。彼女はベサニーとカリーナ用のフラワーガールの服を、喜んでデザインしてくれるでしょうから」

ガブリエルは体を起こして、彼女の目を見つめた。

「本気かい？」

「ええ。あの子たちがここにいることは世間に知れ渡っているもの。隠そうとするのは間違いだわ」

「そのとおりだ。両親にも話しておこう」オリヴィアが双子の幸せを心にかけてくれているのは間違いないが、さらに彼女を悩ませているものがありそうだとガブリエルは思った。「ニュースにも出ていた、マリッサとぼくの関係のことは――」

彼が一瞬言いよどんだのを見て、オリヴィアが口を挟んだ。「見るからに、お幸せそうだったわね」ほかにも言いたいことはありそうだったが、そこで言葉が止まった。

「そういうときもあった」ガブリエルは深く息をついた。「でも、喧嘩《けんか》も多かったんだ」

「パパラッチはそういうところを撮らなかったのに違いありませんわ」

「人目につかない場所で言い争っていたからな」仲直りの仕方にしても、常識外れなものだったが。

彼が何を考えたか、きっと顔に出てしまったのだ。フィアンセが眉を吊《つ》りあげたのがわかった。

オリヴィアがフランス窓のほうに向かい、外を眺めている。近づこうとしたガブリエルはふと、オリヴィアを腕の中にかき抱き、キスの続きをしたくてたまらなくなった。

オリヴィアが視線を彼に向けた。「情熱の味は、一度覚えると病みつきになるものね」

どうしてそんなことを知っているのだろう？

彼女の人生に真剣なロマンスがあったとは聞いていない。スキャンダルの影すらなかった。ボーイフレンドも恋人もいなかったはずだ。

「経験からじかに得た知識なのか？」探りを入れるようにガブリエルは尋ねた。「その……」

「恋人がいたのか、ということ？」

ガブリエルは婚約者の顔を自分に向けさせたが、オリヴィアは目をそらした。「いたのか？」

「いいえ」彼女は首を振ってガブリエルを見つめた。「あなたが初めてですわ」

オリヴィアと目が合った瞬間、欲望が噴きあがった。彼女を完全に独占できるという高揚感に見舞われ、ガブリエルは理性を失った。欲望に突き動かされ、情熱に我を忘れた男がどうなるかを彼は身をもって示した。片手で彼女の頬を包み、もう一方の腕を腰に回し、逃げられないようにして唇を寄せた。

情熱を込めてほんの少し触れただけで、ガブリエルは衝動を抑えられなくなった。荒い息をついて、額を近づけオリヴィアの視線をたぐり寄せた。

「ぼくだけ、なんだな」うなるように問いかける。

「もちろん」

当然でしょうと言わんばかりの答えをオリヴィアが返したので、ガブリエルははっとした。これほど簡単に自制心を失ってしまうなんて。ガブリエルは手を放した。オリヴィアの体にあてた手のひらが、まだ燃えるように熱かった。合わせた手を照れ隠しのようにこすって、ガブリエルはやみがたい思いを消そうとした。

双子絡みでメディアが派手に騒げば、娘をガブリエルに嫁がせるつもりでいた伯爵も考えを変えるだろう。婚約は破棄され、首都郊外に建設が予定されているハイテク工場の件もなかったことにされる。だが、オリヴィアがガブリエルとの結婚を望む限り、すべて計画どおりに進む。彼との結婚がオリヴィアにも将来プラスになるのだと再確認させなければ。女性をうまく説得したいときに、理屈で攻めるのは百害あって一利なしだ。プライベートな時間を使い、親しくなるのが効果的だろう。二人きりで過ごし、愛情の証《あかし》となるプレゼントをするのだ。これまではエンゲージリング以外の宝石を贈っていなかった。オリヴィアがシェルダーナに来たときにすぐ渡せるよう何か用意しておくべきだったが、ほかのことで頭がいっぱいだった。正直言って彼女を未来の花嫁というより、経済復興の次のステップぐらいにしか考えていなかったからだ。

「今夜だが、ぼくの部屋で二人きりのディナーの準備をさせよう」

「楽しみにしていますわ」そう答えたオリヴィアの表情からは何も読みとれなかった。どんな場でも表向きの顔を崩さずに対処できるところが、彼女を婚約者に選んだ理由の一つだった。それが今では、オリヴィアの顔色を読まないことには、落ち着いていられない有様だ。

　彼女が去ってすぐ、ガブリエルはスチュアートを呼び午前中のスケジュールを変更させて、宝石商と会う時間をつくった。選んだのは最初に目に留まったブレスレットで、ダイヤとピンクサファイアをあしらった愛らしい花のモチーフのデザインだった。

　これなら彼女のお気に召すだろう。

　ガブリエルは執務室の金庫にブレスレットを入れ、オリヴィアをディナーに招待するメッセージカードを急いで書き、メイドに持っていかせた。それからランチミーティングに向かったが、頭の中は今夜への期待でいっぱいだった。

オリヴィアは父親のダーシー伯爵に会い、双子のことをすでに知っており、あの子たちがガブリエルと一緒に暮らせるのを彼女も喜んでいることをきちんと話してから、着替えるため部屋に戻った。フランス窓から石造りのバルコニーに出て、眼下の庭を眺める。ガブリエルの腕の中で感じた高揚感も、今は夢の中の出来事のようにぼんやりしていた。

双子の母親であるマリッサがかつてのガブリエルの恋人だったと聞かされるのは、そのつらい現実を目のあたりにするのとはまったく別物だった。いくつもの質問が頭の中を占めている。

ガブリエルはマリッサを想《おも》いながらわたしにキスしていたの？　それとも、マリッサが彼と結婚できるような身分であったらと思っていたのかしら？

世のあらゆる男性の夢そのものだったマリッサ。陽気でセクシーで、息をのむほどの美人。気まぐれな約束を瞳の中にきらめかせ、来る日も来る日も男性たちにさんざん気を揉《も》ませつづけた女性。わたしに勝ち目があるだろうか？　無理に決まっている。

だが、オリヴィアは愛情ゆえにガブリエルと結婚するわけではなかった。プリンセスとなり、不幸な子どもたちへの支援の手を広げ、母親になる夢を叶《かな》えたいから結婚するのだ。彼女の子どもは、次のアレッサンドロ家の世継ぎとなる。わかってはいても、画面に映るかつての恋人の写真に見入ったガブリエルを目の前にすると、苦痛が込みあげた。わたしには無理かもしれない。急に不安になった。息を吸いこみ、エンゲージリングを見つめた。陽光が手を横切り、中央の大粒のダイヤが百年祭の花火のように輝いている。シェルダーナに来たのはプリンスと結婚するためだ。でも情熱の味を知り、もっと味わいたくなっている自分に気づいた今、過去に取り憑《つ》かれた男性と結婚して満足できるとは思えなかった。

しかし多くの人々が、彼女の父親の会社がこの国にもたらす雇用機会に期待している。結婚式までは、あとひと月もない。一時間もせずにウエディングドレスの試着がある。オリヴィアは金色の華奢《きゃしゃ》な腕時計をじっと見た。母の時計だった。

それから間もなく、オリヴィアと秘書のリビーを乗せた車が旧市街にある小さなブティックの前に止まり、二人は車から降りた。

オリヴィアが店に入ると、ドアチャイムが鳴った。エレガントなサロンに、大きな窓から燦々《さんさん》と日が降り注いでいた。壁は淡いシャンパン色で、大理石の床とも調和している。玄関を入った正面の部屋に、金糸のダマスク織りのソファと椅子が並んでいた。ガラスのコーヒーテーブルには、ノエル・デュボンが過去に手がけた作品のカタログがあった。著名なクライアントの何人かは、作品集には掲載せずにパネルで壁に飾ってある。銀幕のスターやモデル。資産家の女性。全員がノエルのゴージャスなロングドレスを身にまとっていた。

デザイナーのノエルが歓迎の手を差しのべて立ちあがり、オリヴィアに温かな笑顔を見せて握手した。

「レディ・ダーシー、よく来てくださいました」

ノエルの英語には、イタリア風の軽快さがあった。シェルダーナはフランスとイタリアと国境を接しているが、正式な公用語はイタリア語とされている。黒髪に胡桃《くるみ》色の瞳をしたノエルは、フランスとイタリア両国の血を引いており、当初交わした会話からすると、その家系は十六世紀にまでさかのぼれるらしい。「こちらこそ、またお目にかかれて嬉《うれ》しいわ」オリヴィアはそう言うと、柳のようにしなやかな体つきのデザイナーに心からの親しみを覚えた。ロンドンの友人たちは、もっと有名なデザイナーのところに行って豪華なドレスにしてもらうよう助言してきたが、オリヴィアはノエルがすっかり気に入ってしまい、ここに決めた。それに、彼女はシェルダーナ出身のデザイナーだった。もうすぐプリンセスになる国を擁護しようとするオリヴィアの政治的センスが物を言ったのだ。

「ドレスはこちらです」ノエルはオリヴィアをショールームに案内した。

有名人のクライアントから依頼があれば、ノエルのほうから出向くこともある。オリヴィアが望めば、デザイナーみずから、ドレスを携えて宮殿へ駆けつけただろう。だが、オリヴィアはブティックのこじゃれた雰囲気が好きで、周囲にあれこれ言われることなく決めたいと思っていた。

オリヴィアを待っていたのは、記憶に残っていたデザイン画と同じくらいにみごとなドレスだった。ノエルに手伝ってもらい、オリヴィアはドレスを身につけた。三面鏡を前にして鏡に映る自分を見た彼女の心に感動が押し寄せてきた。完璧だわ。

ほっそりしたオリヴィアの体を抱きしめるように、美しいドレスは身頃から腰下にかけてぴったり体に沿っていた。ちょうど膝の上あたりでふわりと広がって、後ろはほんの少しだけ裾を長くしてある。ほのかに透けるシルク・オーガンザ素材。白いシルクに鳥の羽根のような渦巻き模様の刺繍《ししゅう》が施され、シンプルなラインとぜいたくな布地を生かしていた。オリジナルはベアトップのデザインだったが、肩を隠す袖のようなものがほしいと希望すると、ノエルは、幅広のレース二本でごく短い袖のように見せるという魔法のような離れ技で対応してくれた。

「採寸のときより、少しお痩せになりましたわね。もう少しウエストを詰めたほうがいいかも」

オリヴィアは鏡に背を向け、後ろの引き裾《トレーン》がどんな感じか見た。「式まで太らないようにしないと」

ノエルと彼女のアシスタントたちが鏡の前で寸法直しをした。オリヴィアのほうでは、このドレスが十分にフィットしていて、そのままでも着られると思っていたが、ノエルは明らかに完璧主義者だった。

ノエルがドレスをアシスタントの手に渡したとき、オリヴィアは彼女に声をかけた。「あともう一つ、ご相談したいことがあるんですけど」

「わたしのオフィスへどうぞ。そちらでお話をうかがいましょう」ノエルが言った。

アシスタントがいれたコーヒーを飲みながら、オリヴィアはどう切り出そうかとあれこれ考えた。

「ひょっとしたら、今朝のニュースをごらんになったかしら？」

「プリンス・ガブリエルの双子のお嬢さんの件？」ノエルは唇をぎゅっと結んだ。「ここ数年はロイヤルファミリーのゴシップは出ていなかったんですよ。ご結婚直前だというのに、この件で報道が加熱すると、歯止めがかからなくなるのではと心配だわ」

「マスコミ対策は、この業界には付き物だわ。あなたもご存じだと思うけど」

ノエルはちょっとのあいだ、驚いた様子だった。「有名人の服をデザインしているだけで、わたしが有名だというわけではありません」

「あなたも名声を得ることになるわ。お得意さまと同じくらいビッグな存在になったとしても、驚かないでくださいね」

「そうならないことを願います。今の静かでささやかな生活を気に入っていますから」ノエルの視線は、机の上の銀縁のフォトフレームに向いた。小さな男の子の写真が入っていた。オリヴィアのほうからは顔がよく見えなかったが、ノエルの表情から、彼女にとってとても特別な存在なのが伝わってきた。

「あなたの息子さん？」

「ええ。マークというんです。二歳だった頃の写真。

プリンスの娘さんと同じくらいね」

「かわいい男の子ね。今はいくつ？」

「もうすぐ四つになります」

　男の子の父親のことは尋ねなかった。ノエルが未婚だと知っていたし、その質問がつらい思い出をよみがえらせるかもしれなかったからだ。

「プリンス・ガブリエルの娘さんたちも、結婚式に参列させたくて。あの子たちのドレスが必要なの」

「では、デザイン画を起こして、宮殿にお届けしましょう。お色のご希望はありますか？」

「ドレスは白で、ウエストに淡い黄色のサッシュベルトを。プリンセス・アリアナのドレスに合わせてね」

「すぐに取りかかります」

　小さなノックの音がして、オリヴィアとノエルはドアのほうを向いた。ノエルのアシスタントだった。

「マスコミが外に集まっておりますが……」


　オリヴィアとガブリエルの婚約は、ロンドンでも新聞の紙面をいっとき騒がせたが、小国に嫁ぐ未来のプリンセスの話は、イギリスのメディアの関心をそう長く引かなかった。

　だが、シェルダーナでは話は別で、市民はみな、オリヴィアに興味津々だ。少なくとも百人の群衆が路上にあふれ、ほとんどがカメラをかまえていた。運転手のデヴィッドと、行き先にかかわらず彼女の外出に必ずつき添うようにとガブリエルが手配した屈強なボディガードのアントニオ、さらには宮殿の警備担当者が五人も呼ばれて、ブティックの扉から車までオリヴィアとリビーが安全に移動できるよう、人垣を分けて道をつくっていた。

　オリヴィアはリビーをちらりと見た。「わたしの知っていた人生はもう終わりというわけね」そしてノエルのほうを向いた。「いろいろとありがとう。完璧なドレスだわ」

「どういたしまして」

　背筋を伸ばし、オリヴィアは公の場にふさわしい表情に切り替え、正面玄関に向かって一歩進んだ。ノエルが扉を開き、ささやいた。「頑張ってね《ボン・クラージュ》」

「ひと言お願いします。プリンスの隠し子が現れたことに、どう対処されるつもりですか？」

「レディ・ダーシー、まだ結婚されるお気持ちは残っているのですか？」

「ほかの女性が産んだ子どもを育てることを、どう思われます？」

「プリンスはできることならマリッサ・ソンムと結婚したかったのだと思いますか？」

　車に向かうオリヴィアに、質問が矢のように降り注いだ。車が動きだしたとき、オリヴィアは自分がずっと息をこらえていたのに気がついた。リビーが心配そうに彼女を見ている。

「わたしなら大丈夫よ、リビー」

「でも……ご気分が悪いのでは」

「昨夜は双子がわたしのベッドで寝てしまって、長椅子ではゆっくり休めなかったの。それだけ」

　そう言って秘書をなだめておいてから、オリヴィアはこの二十四時間に起きた出来事に思いを馳《は》せた。ガブリエルはビジネスだけが目的で彼女と結婚するわけではないと夢見るほど無邪気ではなかったが、ガブリエルが彼女に親しみを感じてくれることくらいは期待していた。だが、庭園でのキスのとき、二人の未来が情熱とロマンスで満たされうるのではという期待がオリヴィアの心に生まれていた。

　これが愛なのね。オリヴィアは窓の外を通りすぎていく旧市街の景色を眺めていた。

　この世を去った女性の影を、いまだ捨てきれずにいるガブリエル。オリヴィアは、彼の心を過去の亡霊と分け合わなければならないのだ。現実を受け入れる時間が、彼女には必要だった。

5

ウエディングドレスの試着を終え宮殿に戻ったオリヴィアが部屋に入ると、ガブリエルからの招待状とリボンをかけた細長い箱がおかれていた。胸を躍らせて、彼女は封筒を開けた。

　二人きりのロマンティックなディナー。しかも、彼の部屋で。急に落ち着かなくなったオリヴィアは、カードを胸にあてて息を深く吸いこみ、気持ちを静めようとした。わたしを口説きたがっているの？　摘みとられる花はどんな装いをしていけばいい？　うぶな乙女にふさわしい慎み深い服装？　それとも肌を露出して、わたしに触れてごらんなさいと誘いかけるようなドレス？

　ガブリエルがわたしに魅力を感じていないのではないかという不安は、今朝の情熱的でとろけそうなキスの前に消え去っていた。だが、ガブリエルはオリヴィアよりもはるかに経験豊富な女性たちに慣れ親しんでいる。不安が腹を立てたスズメバチの群れのようにオリヴィアの胸の中を乱れ飛んでいた。

　心配事はひとまず後回しにして、箱にかけられたリボンを解いていく。淡いブルーのシルクリボンがほどけて落ちた。蝶番《ちようつがい》のついた蓋に指を滑らせて、オリヴィアは期待に胸を膨らませた。細長い箱の形からすると、中身はきっとブレスレットだろう。

　オリヴィアは大きく息をつき、蓋を開けた。黒のベルベットが敷かれた上にあったのは、目の覚めるような大粒のエメラルドをあしらったブレスレットだった。腕に巻く部分は小さな菱形《ひしがた》のダイヤで石畳《パヴェ》のようにびっしり埋めつくされ、大胆かつモダンなデザインだ。いつも身につけているようなタイプと違い、ちょっと流行を先取りした感じの品だったが、ガブリエルの趣味をどうこう言うわけにはいかない。

　選んでもらった品が微妙に好みと外れていたのは少し残念だったが、それは考えないことにして、オリヴィアは幅広のブレスレットを腕に巻いてみた。その輝きに感嘆しつつも、見覚えがあるような気がした。なかなかほかにないユニークなデザインだ。けれど間違いなく見覚えがあった。でも、どこで？　オリヴィアは思い出せなかった。

　午後になり、オリヴィアが子ども部屋に行くと、馬を見に行こうと双子たちにせがまれた。すぐ近くの厩舎《きゅうしゃ》に向かうあいだも、オリヴィアはベサニーのおしゃべりを心ここにあらずで聞いていた。ガブリエルとの今夜のディナーや、二人の新しい生活を始めること以外に、何も考える気になれなかった。

　馬の世話係がベサニーとカリーナを連れてポニーを見に行っているあいだ、オリヴィアは厩舎の通路をぶらぶらしながら、ときどき馬をそっと撫《な》で、心地いい白昼夢に浸っていた。心なごむ音に癒され、安らぎに包まれて今朝の庭園での出来事を思い出す。熱くなった血がゆっくりと体中を巡って、ガブリエルの強烈なキスで目覚めた敏感な部分へと流れこんでいった。仕切りにもたれて目を閉じれば、彼の指が背中から腰の先へと伝っていく感触が、よりいっそう鮮やかによみがえる。胸の膨らみをガブリエルの手のひらで包んでほしいと体がうずいていた。あのときは、体中余すところなく触れてほしいと、泣きながら訴える寸前だった。彼に導かれて、まだ知らない喜びを知りたくてたまらなかった。

　思い出すだけで息遣いが乱れる。ガブリエルのことを考えただけでこうなってしまうなんて、どうしたのかしら？

「大丈夫ですか？」

オリヴィアはぱちっと目を開けた。世話係が心配そうに彼女を見ていた。

官能的な白昼夢に頬を熱くしたまま、オリヴィアはかすかに微笑《ほほえ》んだ。「大丈夫です」

外から子どもたちの歓声が聞こえてきた。オリヴィアは体を起こし、双子の様子を見に行った。厩舎の前庭で世話係が注意深く見守る中、双子はポニーともっと仲良しになろうと、二人とも騎乗用の踏み台の上に登っていた。

オリヴィアは最初ひやりとしたが、すぐ安心した。子どもの相手にふさわしい、おとなしい気質の馬を選んだのに違いない。でなければ、はしゃぎまわる子どもたちの声にポニーもびっくりしていただろう。サイズも毛色も、ぶちの入り具合もよく一致した、二頭の雄のポニーだった。

最初にオリヴィアに気づいたのはベサニーだった。ポニーの首に腕を回して、興奮した声で叫んだ。

「あたしのポニーよ！　女の子で、グラディっていうの」

オリヴィアはそのポニーは男の子だと訂正しようとしたが、話す前にカリーナが口を挟んだ。

「この子、ピーナッツちゃん」いつもはおとなしいカリーナもとても嬉《うれ》しそうだった。このぶんだと、もう誕生日に子犬をほしがったりしないかも、とオリヴィアは考えた。

「かわいいわね。でも、このポニーは二頭とも男の子みたいよ」

双子はすっかり興奮していたので聞いておらず、またポニーをさすったり、話しかけたりしはじめた。オリヴィアのところに、厩舎の責任者が来て言った。

「お二人とも、きっとお上手になられますよ」

「確かにそのようですわね」

「殿下があなたのために選ばれた馬をごらんになってみてはいかがです？」

ダンズブルックの別荘では乗馬を楽しんでいたと

ガブリエルに話したときには、まさか馬がもらえるとは思ってもいなかった。宮殿を取り巻く敷地は彼女の一族が所有していた土地ほど広くなかったが、運動する機会が与えられるならなんでも大歓迎だ。

「すてきな雄馬でしょうね、それとも雌馬かしら」

「雌馬です。品種は、ダッチ・ウォームブラッド。オリヴィアさまは総合馬術競技《イベンティング》の経験も豊かだとお聞きしましたので。アリオーソのジャンプは最高ですし、飽くことを知らずに駆けまわる名馬ですよ」

美しい栗毛《くりげ》の雌馬アリオーソは、優しい目をした穏やかな性質の馬だった。オリヴィアが長い首を軽く叩《たた》いたところで、双子たちが厩舎に来た。

今日はこれだけ楽しめば十分だろうと、オリヴィアは二人を連れて、世話係たちにさよならを言った。子ども部屋で二人のメイドに双子を預け、シャワーを浴びて着替えようと部屋に戻った。

ガブリエルと二人きりの夜に備え、オリヴィアは準備にたっぷり時間をかけた。ヘアメイクに一時間を費やし、ピンを留めただけのふわりとラフにまとめたアップスタイルにした。選んだのは飾りのないタイトなシルエットの黒いワンピースで、袖はなく、前から見るとおとなしめだが、背中を大胆に開けたデザインだった。

シンプルなゴールドのピアスをつけるあいだも、いや増す期待に落ち着きをなくしてしまう。思い切ってストッキングはなしにして、エレガントなエナメル革のパンプスに素足を滑りこませる。

わたしに触って、と体中で語りかけたかった。

姿見で点検し、オリヴィアは狙いどおりの装いができたと自信を持った。あとは最後の仕上げを残すのみだ。箱の蓋を開け、ブレスレットをつけた。

「準備に余念がないわね」ドアをそっとノックして、ガブリエルの妹、アリアナが部屋に入ってきた。

オリヴィアは頬が熱くなるのを感じた。「気に入っていただけるかしら？」

アリアナは笑みを浮かべた。「気に入らないわけがないわ」そう言ってオリヴィアの姿を眺めていた彼女が、ふとブレスレットに目を留めた。近寄ってオリヴィアの手首を取ったアリアナの顔から、見る見るうちに血の気が引いた。「どこでこれを？」

「あなたのお兄さまからのプレゼントよ」オリヴィアの心に疑念が生まれた。

「ガブリエル兄さんがあなたにこれを？」アリアナは首を振った。「わけがわからないわ」

「ごらんになったことがあるの？　いわくつきのものなのね。違います？」

「そう言ってもいいかもしれないわね」

「詳しく教えてくれないかしら」

「わたしの口からは言えないことよ、オリヴィア」

しかし、ちゃんとした説明もなしに、アリアナを行かせるわけにはいかない。

「どういう意味？　ブレスレットのことで、何を隠していらっしゃるの？」

オリヴィアはアリアナの腕を強くつかんだ。驚いたプリンセスはオリヴィアの腕を見て、それからその手首にあるブレスレットを見て、最後に彼女をじっと見つめるオリヴィアのまなざしに気づいた。

「あなたを動揺させたくないのよ、オリヴィア」

「そんな理由でわたしが納得すると思う？　本当のことを言うまで、ここから出ていかせるわけにはいかないわ」将来義理の妹になるプリンセスを、大きな肘掛けがついた椅子に連れていき、座るまで手を放さなかった。「どうしてこのブレスレットを見て動揺したのか話して」

ため息をつき、アリアナは淡い金色の目を向けた。

「最後にそのブレスレットを見たのは、兄とマリッサの交際が終わる前日の夜だったわ」

鋭い痛みがオリヴィアを貫いた。

「マリッサのために買った品だったのね」

「そうよ……つき合いはじめて二年目の記念日に」

手首に触れる冷たいプラチナのブレスレットが、急に肌を焼け焦がす劇薬に変わったような気がした。爪で留め金を外そうとするオリヴィアの耳の中で、血管がどくどくと脈を打っている。ガブリエルとの二人きりのディナーに抱いた期待はかき消されて、痛みを伴う絶望がそれに取って代わった。初めてのプレゼントが、元恋人のために買ったブレスレットですって？

ぱちんと音をたてて留め金が外れ、オリヴィアはブレスレットを炉棚の上に投げるようにおいた。脚ががたがた震え、今にも体を支えられなくなりそうになり、アリアナの向かい側の椅子に座りこんだ。

「ガブリエルはどうやって取り戻したのかしら？」

「わからない。別れたときに彼女が返したのかも」

オリヴィアの心の傷はさらに深くなった。ほかの女性に買った宝石をプレゼントされただけでも十分すぎるショックだったが、それが相手から突き返されたものだったとしたら、なお悪い。「なんとなく、見覚えがあると思ったわ」彼女はつぶやいた。

アリアナは身を乗り出し、オリヴィアの手に自分の手を重ねた。「何かとんでもない手違いがあったのに決まっているわよ。ひょっとしたら、わたしが思っているのと別のブレスレットなのかも」

アリアナの優しさに気を取り直し、オリヴィアはほんの一瞬、背筋を伸ばして肩をぐっと張った。

「誤解していたのはわたしだけ。今夜は、ガブリエルとわたしの未来に新しい一ページが加わる夜だと思っていたの」そう言うと、アリアナに苦笑いしてみせた。「わたしたち二人の結婚は、何よりもまずビジネスの取引だというのを忘れるなんてね」

「オリヴィア、わたしはそうだと思っていないわ。今朝の兄の様子を見ていたから。双子が来たことやスキャンダルに関する報道に、あなたがどんな反応をするのか気を揉《も》んでいたわよ」

「あの人は、わたしの父のダーシー伯爵との契約が無効になるのを恐れているのよ」

「そうだけど、それだけじゃない。シェルダーナの経済の未来を守るためなら、ほかにも方法はあるの。兄はあなたを選んだのよ。初めてあなたに出会ったときのことを、兄にきいてごらんなさい」

「フランス大使館でのパーティーのこと？」

「もっと前よ」

　オリヴィアはかぶりを振った。「それ以前には、お目にかかったことがなかったわ」

「いいえ。会ったのよ。あなたが忘れているだけ」

そんなことがありえるだろうか？

「あなたのお兄さまに会っているのなら、記憶に残らないはずがないわ。きっとあなたの勘違いよ」

アリアナの目が輝いた。「きいてみて」

　オリヴィアはふいに不安に襲われた。うつむくとドレスが目に映り、むき出しの背中と腕を肌寒い風が吹き抜けるのを感じた。ガブリエルの気を引こうとしてこのドレスを選んだ。まだどんな男性にも触れさせたことのない場所も、彼にならと思っていた。バスタブの中で裸の体に指を伝わせ、ガブリエルを想《おも》って彼の指が同じことをしていると空想し、官能が解き放たれた彼女の体は欲望で熱く火照っていた。

「あんまりだわ！」オリヴィアの悲痛な叫びを聞き、アリアナが狼狽《ろうばい》した。

「ああ、どうか兄を責めないで。五年も前の話よ。きっと、これがなんだったか忘れているのよ」

　プリンセス・アリアナが元気づけようとしているのは彼女にも伝わったが、もはやあとの祭りだった。だがガブリエルへの怒りよりも、みずからを責める気持ちのほうがはるかに大きかった。わたしが愚かだったのよ。わたしだけが彼に夢中だったなんて。

でも、もう遅かった。オリヴィアに残された道は、心が折れるような思いを二度と自分にさせないことだけだった。

本当にあれでよかったのか？　ガブリエルはどうにも不安でならなかった。

濡《ぬ》れた髪をタオルで乾かし、髭《ひげ》を剃《そ》るのもその日二度目で、黒のドレスシャツに袖を通すあいだも、早まった選択だったのではと落ち着かなかった。ブレスレットを選んだのは失敗だった。美しい品だったが、もっと何かロマンティックな、由緒あるもののほうが喜んでもらえたのではないだろうか。ガブリエルは時間を確認した。これぞという品を取りに行くなら、オリヴィアが来るはずの時間まであと三十分ある。彼はスチュアートを呼んで言った。

「急用ができた。もしぼくが戻る前にレディ・ダーシーが来られた場合は、シャンパンをお出しして、ぼくはすぐ戻ると伝えてくれ」

そう言うと、ガブリエルは部屋を出て、金庫室に向かった。ネックレスを手にした彼が戻ったとき、ちょうど十分経《た》っていた。スチュアートが独りで待っていた。

「ディナーは八時にご用意いたします」

「完璧だ。彼女の好みに合わせたメニューを用意しただろうな？」

「もちろんです」小さなノックの音がして、秘書が振り向いた。

スチュアートがドアを開けに行った。期待で息もつけずにいると気づき、ガブリエルは大きく息を吐いた。女性と二人きりで過ごすことにわくわくするなんて、久しぶりだ。といっても、オリヴィアはどこにでもいるような女性ではない。

こんなに短期間で、これほど言い知れぬ欲望を感じさせられた女性は、マリッサ以来だ。見た目にはごく普通の、エレガントで冷静でしとやかな女性にすぎない。男を虜《とりこ》にする色気とか、したたるような官能美といったものは感じられない。しかし、今朝オリヴィアが庭園で見せた、内に秘めた情熱的かつセクシーな一面はどうだ。ほんの一瞬見ただけで、もっとじっくり時間をかけて楽しんでみたくなった。

緊迫した会話がドア口から聞こえた。ガブリエルは廊下に立つ小柄な女性を見て眉をひそめた。オリヴィアではない。彼女の秘書だった。

やりとりが終わり、スチュアートがガブリエルのほうに戻ってきたが、その顔は曇っていた。

「何かあったのか？」

「殿下」象に爪先を踏んづけられているような顔をしてスチュアートが言った。「レディ・ダーシーは、ご招待を辞退したいとのことです」

開いた口が塞がらなかった。ガブリエルは呆然《ぼうぜん》として秘書を見ていた。招待を辞退したい、だって？ ありえない。「具合が悪いのか？」

「そういう印象は……受けませんでした」

「では、なんだ？」スチュアートの煮えきらない態度にじれったくなり、ガブリエルは声を荒らげた。

スチュアートは観念したように胸をぐっと張って、こう答えた。「どうもレディ・ダーシーはご不満をお持ちのようで……殿下に対してですが」

「ぼくに？」秘書との押し問答はそれまでにして、ガブリエルは部屋を出た。大股でむきになって廊下を進み、メイドがあわてて道を譲るのもほとんど目に入らなかった。しかし、妹のアリアナがオリヴィアの部屋から出てきたのには彼も気づいた。

「ガブリエル兄さん、ここで何をしているの？」

「オリヴィアを迎えに来たのさ」

アリアナが金色の目を見開いた。「伝言を聞かなかった？ オリヴィアは今夜、行けないのよ」

ガブリエルは鋼のように冷たい目で、刺すように妹をにらんだ。

「何があった？」

「ああ、もう」妹はいら立っているようだった。

「兄さんったら、わかっていないのね」

わかっていない？「どういうことだ。教えろ」

「オリヴィアは今日一日中、兄さんとマリッサとの恋模様をさんざん見せつけられたのよ」

ガブリエルは、テレビで彼とマリッサについての報道が流れていたとき、オリヴィアの顔に浮かんだ表情を思い出した。だが、その話は執務室ですんでいたはずだろう。なぜ過去にこだわる必要がある？

彼は妹を軽く押しやり、ドアノブに手をかけた。

「兄さん――」

「おまえには関係ない。これはぼくとオリヴィアの問題だ」

アリアナは諦めたように手をあげた。

彼はオリヴィアの部屋に入った。衝動的に部屋の鍵をかけ、あたりを見まわす。バルコニーのフランス窓のカーテンが、かすかに揺れているのが見えた。

オリヴィアはバルコニーの手すり近くに佇《たたず》んでいた。今朝ガブリエルと二人で歩き、キスをした散策路を見つめている。背中がVの字に開いた黒のワンピース姿だった。髪をアップにまとめて、うなじを出している。ガブリエルの全身の血が激しく騒いだ。あらわになった背中の美しさ。繊細でありながら凛《りん》とした佇まいがたまらなかった。

ガブリエルは欲求をひとまず押しのけて、ここへ来たそもそもの理由を思い返した。

「今夜はぼくの部屋でディナーを一緒にとるはずだったろう」

「その気になれませんの」彼女は冷静な口調で答え、ガブリエルのほうを向こうともしなかった。

「気分を害するようなことがあったのか？」

「まさか」

どうだろう。ガブリエルは信じなかった。

「マリッサとぼくの交際は三年前に終わっていると、今朝、わかってもらえたとばかり考えていたが」

「今夜のディナーには、どんな意味合いを持たせるおつもりでしたの？」オリヴィアが振り向いたので、ガブリエルは初めて彼女の表情を見ることができた。心底からの怒りが、ブルーの目に揺らめいていた。

いったい何があったのだろう？　今朝、庭園を散歩したときは、温められた蜜のように彼の腕の中でとろけていたのに、今はまるで氷の彫刻のようだ。

彼はオリヴィアに手の届く範囲まで近づいた。

「お互いをよく知りたい、というのは今朝きみも賛同してくれたはずだろう」

「ええ」彼女はつぶやいた。

「では、何があったんだ？」

「わたしたちの結婚は、周囲が決めたものですわ」

「確かに」彼の指がオリヴィアのウエストをかすめ、そのまま胸のほうへとあがっていった。「しかし、ぼくたちの関係を、一から十までビジネスライクに進める必要もないだろう」

「そのとおりですわ」オリヴィアもうなずいた。「わたしが現実を理解していなかっただけなの」

ということは、解決策を見つけようと必死だったのは、ぼくだけではなかったのか。

「きみとぼくは、お互いを強く求め合っている」ガブリエルは声に優しさを込め、思いを告げた。「こんなことは思ってもみなかった」

オリヴィアの女らしい魅惑的な香りがガブリエルのまわりに漂った。彼の誘いを断ろうとしていたにしては、オリヴィアは思惑たっぷりの装いだった。ガブリエルは少しうつむき、彼女が放つ香りに酔いしれた。耳たぶの後ろに、淡い花の匂いの香水が、わずかに塗られていた。ガブリエルが唇でそこを捜しあてると、オリヴィアの体に震えが走った。

「ガブリエル、お願い」

「お願い？」ガブリエルがきき返した。「やめて、と言いたいのかい？」

「ええ」言葉に実感がこもっていない。

ガブリエルは彼女の頭のヘアピンを外し、髪をおろさせた。金色の細波《さざなみ》が、オリヴィアの顔と肩を覆うように流れ落ちていく。

「嘘《うそ》つきめ」ガブリエルはオリヴィアを追いつめた。「いけない子だ。今夜このドレスを選んだときに、きみはこうされることを望んでいたはずだ」彼女を腕にかき抱くと、すぐに全身から力が抜けていった。体をぐったりとさせ、すべての抵抗を放棄している。「ぼくらは一つになる運命なんだ。それはきみもわかっているだろう」

オリヴィアはガブリエルから目をそらそうとして、まぶたを閉じた。そんなことをしても、なんの意味もなさないのだとは夢にも気づかずに。「ええ」

6

瞳を閉じたオリヴィアの内部で、ほかのすべての感覚が静かに目覚めていく。荒々しくあえぐようなガブリエルの息遣いが聞こえる。

オリヴィアの指にガブリエルの指先が絡まって、静かに彼女を導いていった。

「どこへ行くの？」

「ベッドだ」事もなげにガブリエルは言った。

「ディナーはどうされますの？」

室内に戻るとガブリエルはもう一度オリヴィアを正面からかき抱いた。彼女の腰の下へと手を伸ばし強く引き寄せて彼の意志を無言で示したあと、耳元に顔を寄せささやいた。「きみを見ていると、食事とは別の空腹感を覚えてしまう」

ガブリエルがオリヴィアの肩の後ろへ両手を回し、背中の開いたドレスの縁をつかんで前に引き、そのままウエストまで身頃をはぎとる。オリヴィアの上半身があらわになった。夜気にさらされた乳房のひやりとした感触に、彼女は思わず息をのんだ。

ガブリエルの両手が滑るように動いて、ウエストからオリヴィアの体を撫《な》であげ、胸元を包みこむように止まった。征服者のような笑みを見せて、彼はオリヴィアの胸をつかみ軽く刺激した。

たまらずオリヴィアは体を彼に預けたまま、背をそらせた。ファスナーを手で探り、いっきにおろす。腰のラインに沿ってドレスを滑らせると、するりと足元へ落ちていった。

黒い布がオリヴィアの両脚を伝い、裸身が現れていく。今や彼女が身につけているのは、足元のパンプスとセクシーな白いレースのTバックだけだった。

緊張してTバックに指をかけたオリヴィアの手にガブリエルの手が重ねられ、制止した。

「きみは初めてだろう。ゆっくりと進めたいんだ」

ガブリエルはオリヴィアを抱きあげた。

広いベッドの中央にオリヴィアを横たえてから、ガブリエルは服を脱いでいった。オリヴィアは肘をついて体を起こし、感動するほど美しいブロンズ色の肌が姿を現す様子を、もっとよく見ようとした。美しすぎる広い肩と彫像のように麗しい胸板に、オリヴィアの目は釘付《くぎづ》けになっていた。

ボクサーショーツ一枚になった彼の体を、オリヴィアはためらいもせずただ見つめる。悪びれることなく好奇心を輝かすオリヴィアの姿が、ガブリエルの欲望をますますたぎらせた。

彼はベッドにあがった。

「これは何だ？」ガブリエルは、オリヴィアの腰骨のそばにあるくぼみに刻まれた小さな文字に触った。

中国の文字だ。

「タトゥーよ」

　ぼくのエレガントなフィアンセが、タトゥーを？それも、こんなにセクシーな場所に？

「どういう意味の文字なんだい？」

「〝希望〟」オリヴィアは膝を曲げて、彼のほうにヒップを傾けた。「学生時代に入れたの」

　ほかの男が彼女に触れたのかと思うと、ガブリエルは怒りのあまり叫びたくなった。

　感情が顔に出たのに違いない。オリヴィアがあわてて言った。「入れてくれたのは女性だったわ」

　それを聞いて、ガブリエルの肩から力が抜けた。

「そういうことなら、セクシーなタトゥーだねと、安心して言えるな」

　ガブリエルが理想としたのは、しとやかで優雅な貴婦人だ。しどけなく髪をおろし、胸をあらわにして〝希望〟のタトゥーを入れた小悪魔ではない。しかしオリヴィアを手に入れて、彼の世界観は一変した。彼女のような女性を伴侶にすれば、退屈とは一生無縁だろう。

　問題はそこだった。若く情熱にあふれ、狂おしいばかりの愛欲に駆られていた頃が彼にはあった。欲望はガブリエルを消耗させ、身も心もフル回転を強いていた。あの頃の彼は理性をなくしていた。未来のシェルダーナ君主に何よりも重要な〝理性〟を。ガブリエルが求めるのは、彼に正気を失わせる女性ではない。必要なのは、分別をわきまえた妻であり、ガブリエルが公務だけに集中させてもらえるような聡明《そうめい》な女性だった。

だが、オリヴィアならそれもやってのけるだろう。

　そして寝室のドアの向こう、二人だけの世界では、オリヴィアは彼を官能の喜びで包み、すべてを忘れさせてくれることだろう。

　賢女と小悪魔の二つの顔。

何を不安がる必要がある？

たじろぐようなうめき声が、オリヴィアの口からもれた。ガブリエルの指先が、彼女が唯一身にまとった布の下に触れていた。彼の指を感じただけで、オリヴィアは息を詰まらせ、シーツをつかむ手を固く握りしめた。

「こんなに濡《ぬ》れている」反応のすばやさに感激したガブリエルがつぶやいた。

「おしゃべりはやめて。先を続けてほしいの」

「こうかい？」オリヴィアを覆う布の最後の一枚を外しながら、ガブリエルは指でそっと円を描くように刺激した。オリヴィアの官能的な声と、波打つ体が覚醒を告げる悩ましい香りを楽しむ。オリヴィアの腰がしだいにマットレスから浮きあがり、ガブリエルの手に強く押しあてられる。

ああ、極上の感触だ。

これまでにぼくが出会ったどの女性にも劣らず、オリヴィアの肉体は愛の快楽に陶酔しきっている。ぼくの手が与える刺激に打ち震え、究極のゴールを目指すことだけをひたすら求めている。たまらない表情だ。ガブリエルは彼女を少しずつ絶頂へ導きながら、わななく声や、はじかれたように体を動かす有様を余すところなく味わった。やがてオリヴィアが眉をひそめ、彼の動きに集中しはじめた。愛撫《あいぶ》のペースを速めるガブリエルの前でオリヴィアの唇が開き、体が弓のようにしなる。

最高にセクシーな眺めじゃないか。

ガブリエルの名前をかろうじて声に出し、オリヴィアは喜びの高みへと駆けあがった。

息もたえだえになったオリヴィアが、ようやく目を開けた。「すごい……」

彼はにやりと笑みを浮かべた。「これからだよ」

「え？」オリヴィアが不安そうな表情をした。

ガブリエルはオリヴィアの金髪を手ぐしですいて

キスした。オリヴィアはぼくのものだ。ぼくだけのものにしたい。この女性に触れた最初の男性が自分だと思うと、理性が吹き飛びそうだ。ガブリエルの内に秘められた猛々《たけだけ》しい血が、早く解放してくれと叫んでいる。彼はその衝動をあえて無視した。

オリヴィアに最高の初体験をさせることだけが重要なのだ。そのためには、ガブリエルが自制心を失ってはならない。

オリヴィアの手がシーツから離れ、ガブリエルの体の両脇をなぞりあげていく。情熱の野火が炎の舌を見せて肌の上で燃え広がるように、指先が肩の輪郭を這《は》い、ガブリエルの背中へ回る。

ガブリエルはわずかに開いたオリヴィアの唇に舌を入れ、彼女の激しい欲望を味わった。指でオリヴィアの胸を探り、鉤爪《かぎづめ》を立てる野生の獣のように、その頂きをもてあそんだ。オリヴィアが甘い叫びをあげたが、ガブリエルは唇を塞いでその声を消した。オリヴィアが脚を彼の脚に絡ませた。しっとりした感触が、ガブリエルのボクサーショーツにしみとおっていく。オリヴィアの火照った体の上で激しく体を揺らし、ガブリエルは唇を離してオリヴィアの美しい胸の先端を口に含んだ。

オリヴィアの体が弓なりにのけぞった。ボクサーショーツの隙間からふいに差し入れられたオリヴィアの指が彼に触れたのを感じて、ガブリエルの胸に声にならない叫びが満ちた。

その瞬間、オリヴィアもあっと息をのんでいた。生まれて初めて彼の情熱の証《あかし》に触れ、驚きのあまり、恐怖と興奮で泣きだしそうになった。

「大丈夫」ガブリエルはそうささやき、オリヴィアの指を緩めて外した。どうしてだろう。彼女の考えがわかってしまったのだ。「ゆっくり時間をかけて進めよう。少しずつね。ぼくの体になじんでいけるように」

「少しずつ？　無理よ。こんなに……」そう言った彼女の手がガブリエルから逃れ、もう一度同じ場所へと伸びた。オリヴィアの手に包まれ、ガブリエルの喉からうめき声がほとばしる。彼女の手を外し、枕に押さえつけて自由を奪った。

　それ以上の会話は無理だった。ガブリエルはボクサーショーツをすばやく脱いで、オリヴィアの腿のあいだに体を滑りこませた。肌に触れたものが何か理解したオリヴィアは、互いの望みどおりに二人が一つになるため、腰を小さく揺らしガブリエルを誘った。オリヴィアの関心はこの力強い男性と、彼だけが癒せる激しいうずきのみに向けられていた。経験はなくても、求めているものが何かは本能的に知っていた。ガブリエルをわたしの中に迎えたい。彼と一つになりたくてたまらない。今この場で。

「ガブリエル。お願い」オリヴィアはそうつぶやき激しく体を震わせた。ガブリエルの唇が肌を滑って、舐《な》め、ねぶり、燃えるようなキスの雨を降らせている。彼女の体の隅々まで探りつくすつもりらしい。オリヴィアが彼に意識を集中してほしい場所はただ一箇所だというのに。「わたしを……奪って」

　オリヴィアの嘆願はたえだえだったが、それでも無駄にはならなかった。ガブリエルは彼女の腰骨のくぼみに最後のキスをして、オリヴィアに自分の体を重ねた。感動の瞬間だ。オリヴィアが腰をあげて、ガブリエルを迎え入れやすくなるように動いた。

「いいかい」オリヴィアの顔を手のひらで包みこんだガブリエルが、そっとささやいた。

　漕《こ》ぎ出《いだ》す船に身を任せるような歓喜が走る。彼がさらに突き進んでいけば、それだけ早くオリヴィアにも深い喜びを与えられるのだろうが、今は急がず、じっくりと時間をかけ過程を楽しんでみたかった。

「締めつけられるようだ」オリヴィアの唇を奪いつくすように情熱的なキスを続け、ガブリエルは腰をわずかに前へと進めた。「リラックスするんだよ、オリヴィア。きみの初めての体験をもっと楽しめるように」

オリヴィアの心は、期待と緊張がひとかたまりになってあふれていた。リラックス？　できるはずがない。だが、硬直して張りつめたようなガブリエルの顔を見れば、こんなふうにゆっくりとしか進めないのが、男性にとっても苦痛なのは明らかだった。

「どうしたらいいのか、わからないの」

喉を鳴らすように笑った彼が、オリヴィアの耳元でかすかにささやいた。「大きく息をしてごらん」

「無理よ」舌がもつれる。窒息してしまいそう。

ガブリエルに軽く喉を噛《か》まれ、オリヴィアは大きく息をのんだ。噛まれたばかりの場所をガブリエルの唇に勢いよく吸われ、そこから情熱の電流が体を駆け抜ける。ガブリエルの情熱を全身で感じるにつれて、オリヴィアの唇は大きく開いていった。ガブリエルが彼女の体を揺すってさらに深く進み、オリヴィアははじかれたように体を伸ばした。

言葉にならないほどの衝撃だった。ガブリエルの愛に満たされる喜びで、体の緊張がほぐれていく。安らぎが急速に広がって、不思議な感動に心を奪われ、オリヴィアはつぶやいた。「息が戻ってきたわ」

「いい子だ」ガブリエルがあやすように声をかけ、一度腰を引き、あらためてオリヴィアを貫いた。

すてきよ、ガブリエル。なんてすてきなの。

やがてオリヴィアは、ガブリエルの動きに合わせゆっくりと腰を動かしはじめた。オリヴィアは体を弓なりにそらして腰を前に出し、ガブリエルの引きしまった背中に爪を食いこませるように力を込め、しっかりと彼を受け入れる。二人は同時に喜びの声をあげた。

硬く動かなかった彼の表情が隠しようのない驚きに包まれ、オリヴィアの感激もひとしおだった。

「ゆっくり進めるはずじゃなかったかな？」ガブリエルはつぶやくと、うやうやしく紳士らしい仕草でオリヴィアの頬を撫でた。

　オリヴィアの体がガブリエルの体になじんでいく。満足するかのようにオリヴィアはごろごろと喉を鳴らした。「このあとはどうなるの？」ガブリエルが腰を揺らすと、オリヴィアの体も反応した。

「すぐにわかるさ」

　謎めいた言葉をかけると、ガブリエルがオリヴィアの反応を確認しながら腰を引き、オリヴィアはガブリエルの瞳に花火のようにまばゆい光がきらめくのを見た。彼が勢いよくオリヴィアの中に戻ってくると、ふたたび喜びが湧きあがった。

　ガブリエルはオリヴィアの腰を両手でつかむと、うまく彼のリズムに合わせられるよう手を貸した。体が燃えあがるような感触にオリヴィアは声も出せなかった。体の芯が喜びを放ち、官能が波のように伝わって、今にも全身が粉々になりそうな激しさを伴いどんどん高みへと向かっていく。

　そしてついに喜びの波が砕け散りはじめた。だが今回は、最初にガブリエルの指でそこへ導かれたのとは違い、ガブリエルが一緒だった。エクスタシーの興奮が全身を駆け抜け、火山のように爆発する。歓喜の声をあげてオリヴィアはいっそう激しく動くガブリエルにしがみついた。すべてが闇の中に沈んでいった次の瞬間、ガブリエルの唇から彼女の名前がこぼれ、最後の動きのあとオーガズムに身を震わせて、ガブリエルはオリヴィアの上にくずおれた。

　オリヴィアは片方の手でガブリエルの髪をすき、彼の肩をつかんでいたもう一方の手を外した。ガブリエルが体の上で胸を波打たせ、あえぎながら息をしている。二人の鼓動が、愛の営みの余韻にふさわしい激しさで同じリズムを刻んでいた。

　どんなことを言えばいいのだろうかと彼女は考え

を巡らせていたが、この感動はどんな言葉でも言い表せなかった。何も言わずに彼の肌を愛《いと》おしむように指を滑らせ、彼女が感じている深い感謝を伝えた。

「大丈夫かい？」起きあがって、オリヴィアの隣に仰向けになったガブリエルが尋ねた。

「天国にいるみたい……」オリヴィアの声には隠しようのない喜びが表れていた。

ガブリエルはオリヴィアを抱き寄せて、眉の上にうやうやしくキスをした。彼女の手のひらに伝わるガブリエルの鼓動が、平常に戻っていく。

「ぼくもだ」ガブリエルは心ここにあらずといった風情でオリヴィアの肩に添って親指を動かした。

「激しすぎたりしなかったかな？」

「ほかに比較できるものがないし、これくらいなら大丈夫よと答えておこうかしら」

ガブリエルはベッドの天蓋を見つめるのをやめ、オリヴィアに鋭い視線を投げた。口元を一瞬引きしめたが、やがて彼女にからかわれたのだと気づいた。

「もっと上品なやり方で進めたかったんだが」

「女性をベッドで喜ばせるのに、上品な方法なんてあるの？」悪気なんてこれっぽっちもなかったのに、オリヴィアはつい、くすくすと笑ってしまった。

「教えて」肘をついて身を起こし、ガブリエルのお腹《なか》からみぞおちにかけて、歩くように指で触れた。

「いっそのこと、今すぐここで見せてくれない？」

ガブリエルが低くうなって彼女の指を握り、その手を胸の上においた。「お行儀の悪いレディだな」

「それで、どうする？」いたずらな天使にそそのかされたように、オリヴィアは今まで経験したことがないような気分になり、好き勝手な振る舞いをしたくてうきうきしていた。瓶の中の妖精さながらに、彼女の官能は一度解放されたら最後、瓶に戻されて栓を閉められるまで思う存分はじけたいと訴えていた。

オリヴィアのはすっぱな物言いに、ガブリエルは目を見開き、彼の金褐色の瞳に誘惑の光が躍った。
「きみは最初、自分がクールで落ち着き払った女性だとぼくに信じこませようとしたね」しなやかに体をくねらせ、脚でガブリエルの腰を包むように彼の体を跨《また》ぐオリヴィアに向けて、彼は不満げに言った。オリヴィアが握られた手を振りほどき、ガブリエルの胸元から腹部へ爪を立て、腹筋が指の下で震えるのを感じて微笑《ほほえ》むのを、ガブリエルはせつなそうに見ていた。「いったいどうしたというんだい？」

　オリヴィアが上体を近づけて、ガブリエルに笑いかけた。「あなたのせいよ」

　ガブリエルが手でオリヴィアのヒップを包むと、オリヴィアは体勢を整えて、ゆっくりと腰を落としていった。ガブリエルを全身でとらえ、自身がいちばん喜びを感じるところへと導きながら、オリヴィアはガブリエルが快感に顔をゆがめ、瞳がぼうっと濁ったようになるのを見つめていた。

　オリヴィアがガブリエルの上に座り、戻ってきた彼の感触を存分に味わっていたとき、彼の目がふたたび焦点を結びはじめた。ガブリエルがオリヴィアの豊かな胸に手を伸ばし、ゆっくりと揉《も》みしだき、先端のつぼみをつまんだ。オリヴィアは腰を浮かせ気味にして、彼を翻弄するかのように緩やかな動きを続けていた。

　少しのあいだ、ガブリエルはオリヴィアにペースを任せていた。オリヴィアは彼女の内部を刺激する彼の感触が、体を前後に傾けるたびどれほど違ってくるかを楽しむ機会を与えられ、夢中だった。

　だが、ガブリエルの我慢にも限界がある。彼の指がオリヴィアのヒップに食いこみリズムを変えさせた。ガブリエルが力強くオリヴィアの内部に攻め入る。彼の指が二人の体のあいだに滑りこみ、オリヴィアの最も敏感な部分に触れた瞬間、彼女の爪がガブリエルの肩に食いこみ半月形の跡を残した。まぶたの裏に火花が飛び散り、オリヴィアの全身はかつてないほどの猛烈な快感に激しく脈打った。頭を後ろにのけぞらせて、暴風に巻きこまれたような勢いで喜びに泣きむせび、彼女は声をほとばしらせた。

熱病に憑《つ》かれたように激しい動きでガブリエルがオリヴィアを攻め立て、口を大きく開き強烈な快楽に叫び声をあげる。オリヴィアは彼が達する瞬間を目のあたりにしていた。ガブリエル。あなたはわたしだけのものよ。あえぎながら彼女はオーガズムの余韻に身を震わせ、ガブリエルの愛の証が放たれたのを喜びとともに感じていた。

そのあと二時間、ガブリエルはオリヴィアといた。オリヴィアが静かな寝息をたてるのを聞き、今夜のことを思い返していた。窓から朝の光が差しこむと、ガブリエルはオリヴィアを起こさないよう、そっとベッドから起き出た。

口元が緩むのをどうやっても我慢できない。オリヴィアとの情事を通じて、ここからの人生が極上の喜びに満ちたものになるとはっきりしたのだから。この数年間、彼に欠けていたものはなんだったのか、ガブリエルははっきりと悟っていた。

どぎまぎしてしまうほど輝きに満ちた愛の営みと、心の深いつながり。無垢《むく》な好奇心と驚くほど素直な官能への情熱を持ったオリヴィアは、まるでずっとそこにいたかのように、ガブリエルの心と体にすんなりと入ってきたのだ。ガブリエルがそれと知らずひそかに抱いていたあこがれに対する答えのように。

一時間後、ガブリエルが二階の執務室に入ると、スチュアートがいた。

「ずいぶん早いな」ガブリエルはそう言って、手の込んだ彫刻が施された机の前に腰をすえた。

「これをお目にかけたいと思いまして」秘書は細長

い箱をガブリエルに差し出した。

ガブリエルは眉をひそめた。「なんだ？」

「昨夜レディ・ダーシーの秘書が来られたときに、このケースも私《わたくし》に渡されたのです。開ける前に殿下が部屋を出ていかれてしまったので」

じれったそうに鼻を鳴らすガブリエルの手の中で、ぱんと音をたててケースが開いた。中にあったものを見て、ガブリエルのうなじの毛が逆立った。

「いったいぜんたい、どこからこれが出てきた？」うなり声をあげた彼はショックで困惑しながら、マリッサへ贈ったブレスレットを見つめていた。「どうしてオリヴィアがこれを持っていたんだ？」

スチュアートが首を振った。「今朝方、あちらの秘書と話をしたのですが、どうも昨日レディ・ダーシーが外出から戻られた際、お部屋にこれがおいてあったようです」

「オリヴィアが怒るはずだ」ガブリエルは勢いよくケースを閉じた。「マリッサのために購入した品だと教えたのは、アリアナに違いない」

「誰がこんなことをしたのでしょう？」

「誰だかはわからないが、オリヴィアとぼくのあいだを裂こうとしているやつだ」ガブリエルは椅子に腰をおろし、指先を合わせて考えこんだ。

「誰かがレディ・ダーシーの部屋に侵入し、これをおいていったということですね。宮殿のスタッフなら常に出入りしておりますが」

「つまり、宮殿にいる誰かが危険なゲームをしているわけだ」ガブリエルはペン先でケースをつついた。「クリスティアンに電話しろ。この手の悪巧みを調査させるなら、あいつがうってつけだ」

7

目覚めたとき、ガブリエルがもういなかったのを知ってもオリヴィアは驚かなかった。時計を見ると、すでに八時を回っていた。ガブリエルは何時間も前に部屋を出たのだろう。オリヴィアはベッドの上に座り直して、体の節々でだるかったり、痛かったりする場所を確かめた。熱いシャワーを浴びないと、治りそうになかった。

バスルームから出てくると、ガブリエルが朝食をずらりと並べたテーブルの横に座っていた。長い脚を前に投げ出し、湯気をあげるコーヒーカップを両手で持って、まだ彼女には気づいていない。

オリヴィアはドアの枠にもたれかかり、ガブリエルのたくましい顔立ちと、ミッドナイトブルーのジャケットの下の筋肉質な上半身をしげしげと眺めた。バッテリーチャージ中といったところかしら。物思いにふけるガブリエルは、夢中で何かに励んでいるときの彼以上に、存在感があるわ。

彼女のため息が聞こえたのだろう。ガブリエルが彼女に気づき、背筋を伸ばしてオリヴィアのほうに来た。ゆったりとした動きで、彼女がそれと気づくより先に、心地よい抱擁と力強いキスで朝の挨拶をしてくれた。

「おはよう」キスは終わったが、オリヴィアの背をゆっくりと撫《な》でる手はそのままだった。「遅ればせながらだがね。すまない」

「起こしてくれればよかったのに……どうして?」

「昨夜《ゆうべ》はいろいろあったし、一度仕切り直したいと思ったから。それに、ぼくがきみの部屋から出た頃には、宮殿中が起きていたと思うよ」

その言葉を聞いてオリヴィアは顔色を変えた。

「昨夜のことは、誰もがお見通しだと思わない？」

「たぶん。だが、少なくとも結婚するまで表向きは礼儀正しくしておくほうがいいだろうね」ガブリエルはいたずらっぽくオリヴィアに笑ってみせた。「お腹《なか》はすいていないかい？」

オリヴィアはガブリエルの腰を抱き、シャツを引っぱり出そうとした。「飢え死にしそう」

喉の奥で笑ったガブリエルがオリヴィアの手首をつかんだ。「ぼくが言っているのは、朝食のことだ。昨夜は食事を取りそこねただろう」

オリヴィアは手の甲にキスされるのを待ってから言った。「すっかり忘れていたわ」

「きみの好みがわからなかったので、少しずついろんなものを持ってこさせたよ」

「いつもは卵の白身だけでつくったオムレツと、マッシュルームとほうれん草だけど、今朝はパンケーキにたっぷり蜜をかけていただこうかしら」

プリンス・ガブリエルみずから取り分けてくれるなんて、ぜいたくな話。彼に見つめられながらだと、なかなか食べるのに集中できないわね。

「あなたは食べないの？」

「一時間前にすませたよ」そう答えて彼は腕時計をちらりと見た。「今朝は、双子たちが初めての乗馬体験をする。二人で見に行かないとね。きみの秘書に確認して、十時までは大丈夫だと言われている」

「二人とも楽しみにしているでしょうね。昨日は厩舎《きゅうしゃ》に連れていったの。あの子たちはポニーがすっかり気に入ったみたいよ」

「きみに渡したいものがある」ガブリエルは小さな箱を出し、テーブルにおいた。

ぴんと張られたリネンのテーブルクロス上におかれた黒いベルベットの箱を見て、オリヴィアは首を振った。「遠慮するわ」

「開けてみないと、わからないんじゃないかい？」

ガブリエルは彼女が拒否しても、がっかりしたり、傷ついたりした様子を見せなかった。

またほかの女性からのおさがりの品？　オリヴィアはため息をついた。「プレゼントはいらないわ」

「あのブレスレットについて、説明したい」

胸がむかむかする話なんて聞きたくないのに。

「説明は結構よ。きれいなブレスレットだったわ。十分考えてプレゼントされた品をお返ししたりして、不作法だったと思っています」

ガブリエルは椅子に座ったまま背をそらせ、表情を硬くした。だがその瞳は、水面に陽光が照り返すようにきらきらと輝いていた。「婚約者がここまで有能な外交官だと知って、ぼくは驚くべきなのか、喜ぶべきなのか戸惑っているよ」

オリヴィアはまつげをふせたまま、口元を緩めた。

「あなたがわたしと結婚するのは、外交術に長《た》けているのと、公の場でのイメージがいいからなのね」

「それもあるが」ガブリエルは彼女の手を裏返させ、手のひらに箱をのせた。「加えて言うなら、きみの申し分のない育ちのよさもだ。白状するが、初めて会ったときから、きみのことを一瞬たりとも忘れたことがなかった」

ガブリエルの告白に驚き、オリヴィアは贈り物の小箱を見た。ガブリエルがわたしに夢中だったなんて。どんなに高価な宝石とも比較にならない、何よりのプレゼントね。「そう言ってもらえて、嬉《うれ》しいわ」

「ブレスレットのことに戻ろう。きみはあれが誰の贈り物だと思った？」

「もちろん、あなたでしょう」

ガブリエルは首を振った。「ぼくがきみに選んだ品は、こっちなんだ」

「じゃあ、あのブレスレットは誰が？」

「ぼくもそれを知りたいよ」

「あれを贈ったのは、あなたじゃないのね？」

「ああ」ガブリエルは顔をしかめた。「そんなことをする人間だと思われたのは、少し心外だな」

オリヴィアは返事をしようと口を開けたが、どんな言葉も出てこなかった。

「わたしの部屋に出入りができる誰かが、笑えないジョークを仕掛けてきたのね」

「誰であろうが、これはジョークなんかではないとぼくは思う。セキュリティの面から見ても、これはゆゆしき問題だ。放置できない」鋼のような意志を示す表情にふさわしく、きっぱりとした口調でガブリエルは言い切った。だがすぐに、その瞳が優しくなった。「ぼくのプレゼントを開けてみてくれ」

オリヴィアは言われたとおりにした。

昨夜のモダンなデザインのブレスレットとは違い、まさしくオリヴィアが自分でも選ぶような品だった。大粒のティアドロップ形のアクアマリンがダイヤをちりばめた枠にきらめき、精緻なカットが施されたアクアマリンのビーズとダイヤで飾ったプラチナのパーツをつなげたチェーンの先にさがっている。

「これは、もともとぼくの大叔母のものだった。婚約の記念に、夫である大叔父から贈られた品だ。たぶん大叔父の母、つまりぼくの曽祖母が、婚約のときにもらった品だろう」

オリヴィアは指でそっとネックレスに触れてみた。

「すてきだわ」お世辞ではなかった。たとえ宮殿の宝物庫に百万ドルのダイヤのネックレスがどれだけあったとしても、この品こそが最高の逸品だ。そんなすてきな物語を秘めた品を選ぶなんて、ガブリエルは意外にセンチメンタルなところがあるのね。思いもしなかったわ。我ながら大胆な行動だったが、オリヴィアはネックレスを手に取ると、婚約者の膝の上に座った。「つけるのを手伝ってくださる？」

オリヴィアはうなじの髪をかきあげ、ガブリエルの手が首筋をかすめていくあいだじっとしていた。やがてティアドロップが胸元におさまり、オリヴィアはガブリエルの頬に優しくキスをした。

「これが、きみの最大級の感謝の表現なのかい？」笑いながらガブリエルが尋ねた。

オリヴィアがまつげ越しにガブリエルを見た。

「もしこの先を続けてしまったら、ベサニーとカリーナの初めての乗馬の稽古に遅れてしまうかも」

ガブリエルは返事の代わりに、オリヴィアに熱烈なキスをした。彼女はガブリエルにもたれかかり、昨夜の情熱的な行為のあともまだ燃えつきずにいた炎のような欲望の波に身を任せた。彼の唇の下で、オリヴィアの甘い声があがった。

低くうなって、ガブリエルはキスを中断した。

「どうもきみが言ったとおりのようだ」オリヴィアを抱いたまま彼は立ちあがり、ベッドへ向かった。

とにもかくにも、ガブリエルとオリヴィアは、担当者たちが細心の注意を払う中で、双子が一人ずつ連れられ、おとなしく行儀のいいポニーの背に乗り、ぐるりと馬場を回る様子を見物するのに間に合った。ベサニーもカリーナも乗馬を楽しんでいたが、個性が表れていた。ベサニーは乗りながらひっきりなしにおしゃべりして、いちいち考えを口にしている。カリーナはもっと慎重で、より自然体で座っていた。二人のうち上達しそうなのはカリーナのほうだな、とガブリエルは思った。

双子の初レッスンはすぐに終わり、ガブリエルはこの半日で起きたことを考えた。微笑《ほほえ》みを浮かべて双子たちを目で追うオリヴィアを見ているだけで、全身の血が騒いでしまう。オリヴィアと二人きりで過ごす時間のためなら、ぼくはほかの予定をすべて喜んで放り出すだろう。我ながら驚きだが。

オリヴィアがそばにいるときの高揚感ときたら、血が騒ぐどころではない。こんな気分は今まで味わったことがなかった。美しさに加え、彼女は知的で思いやりがある。第一印象で完璧な女性だと思ったのは正しかった。だが〝完璧〟という言葉に、ここまでの意味を見出《みいだ》すことになろうとは。

「ガブリエル？」オリヴィアに声をかけられ、彼は我に返った。「ベサニーとカリーナに、今夜は一緒に夕食を食べられないわ、って説明しているところなんだけど」

「つまりその……」今夜はどんなスケジュールが入っていたか、彼は思い出せなかった。おかしな話だ。いつもならその日の予定は完全に覚えているのに。

「バレエを観《み》に行くからよね」オリヴィアが助け船を出した。

「そう、そうだった」ガブリエルも微笑んで答えた。

「でも、お出かけする前にお部屋に行って、短いお話を読んであげるわ」

「そう、それならしてやれる」

双子たちの歓声を聞いた小鳥が、少し離れた木々の枝のあいだを抜けて飛んでいった。

「もうお城に帰る時間じゃないかしら」オリヴィアはそう言うと、ごねようとした双子たちに首を振った。「パパはお仕事があるのよ」

ガブリエルは、彼女が実に子どもの扱いに長けていると知って感心した。愛くるしい女の子たちとはいえ、手に負えないところもある。しかし、二人はよく言うことを聞くようだし、ガブリエルにとっては旧知のマリッサの短気な性格はまったく見られなかった。実の母親をつい最近なくしたばかりだというのに、双子は宮殿の生活によくなじんでいた。

双子を若いメイド二人に託すと、ガブリエルはウエディングプランナーに会うオリヴィアにつき添い、軽く頬にキスして見送った。

双子が結婚式で着るドレスのデザイン画がノエルから届き、オリヴィアはそれを見ながら口元に手をあて、あくびをした。もう深夜に近かった。彼女は恵まれない子どものために資金を集めるイベントに出席して、そこから戻ってきたばかりだった。

背後のドアが開き、そして閉まった。くぐもった足音に期待で肌がぞくぞくする。ガブリエルのアフターシェーブローションがふわりと鼻をくすぐり、両手がオリヴィアの肩の上におかれた。

「起きて待っていてくれたのかい?」

「ええ」彼女はデザイン画を脇におき立ちあがった。

ガブリエルがオリヴィアのうなじにキスしてから、首筋の最も敏感な部分へと唇を滑らせていったので、オリヴィアは体を震わせた。

一週間前には、プライベートで顔を合わせても形式張ったやりとりを交わすだけのぎこちない関係だったとはとても信じられない。今のオリヴィアは、昼間は官能の喜びへの期待に全身をうずうずさせ、夜になるとガブリエルの腕の中で星の輝く高みへと舞いあがる幸せに浸っていた。

「明日の朝は、早く出るよ」オリヴィアを抱き寄せ、唇に甘いキスをしてガブリエルが言った。「四日間戻れない。出発前に、きみと会っておきたかった」

四日間も? 夜ごとガブリエルの隣に寄り添い、彼の裸の胸を枕に、彼の鼓動を子守歌代わりにして眠るのがわたしの習慣になっているのに?

「もうちょっとだけ、ね?」

「明日の朝は早い、とさっき言わなかったかい?」

しょうがないなと言いたげにガブリエルはオリヴィアに腰を押しつけて、体からの無言のメッセージを示した。オリヴィアは微笑みを浮かべた。ベッドで手足を伸ばし、ぐっすり眠ることだけを考えていたはずなのに、どうしても誘惑に身をゆだねたくなってしまう。

「そうだけど」オリヴィアはつぶやいた。「行ってきますの挨拶をちゃんと言ってもらう時間が、もう二、三分ほしいなと思っただけ」

「もう二、三分だって？」

ガブリエルの舌がオリヴィアの下唇に伸び、唇を奪うともなくただ感触を味わっているだけでも、骨までとろけてしまいそうだった。温かく力強い手が腰へ伸びるのを感じながらオリヴィアは彼に体を預け、欲望をかき立てるようなガブリエルのキスが滑らかに唇を伝っていくのを存分に楽しんだ。

ガブリエルが彼女を抱きあげ、ベッドへと連れていく。身につけたものをマットレスに脱ぎ散らかし、彼女はガブリエルにしがみついたまま、前戯だけで二度も絶頂に導かれて、そのあと彼を迎え入れた。ガブリエルのたくましさに体中を満たされるのは、ほかにない喜びだった。オリヴィアはガブリエルの腰に脚を絡め、彼だけに許された場所を優しく攻めつづけるガブリエルを、全身で抱きしめていた。

ガブリエルは大きな手で何度も彼女の背中を撫でながらオリヴィアの部屋で数時間を過ごした。恋人の胸に寄り添い、互いの脚を絡めながら、オリヴィアは喜びの海に漂っていた。数時間後、目が覚めたときにはガブリエルはおらず、彼女はたった独りになっていた。

疲れ果て、それでいてじっとしていられなくなり、オリヴィアはベッドを離れてガウンを羽織った。部屋は宮殿の裏にある庭園に面しており、正面玄関から出るガブリエルを見送るのは難しそうだった。フランス窓を開け、バルコニーに出て、手すりに沿って歩きはじめる。真夜中には魔法の国さながらに灯《あか》りの中に浮かぶ木々も、夜明けが近い今は薄闇の中に沈んでいた。ひんやりとした風がバラの香りを運んでくる。オリヴィアは冷たい石の手すりにもたれかかった。あの夜、ここにいた彼女をガブリエルが見つけて、抵抗しても無駄だと身をもって教えてくれた。その情景が、オリヴィアの心にまざまざとよみがえった。

最初から恋していたのだと、今のオリヴィアにはわかっていた。ガブリエルの腕に抱かれる夜を幾度も重ねるうちに、彼の魔法がすっかりオリヴィアを変えてしまった。今までの人生はすべてこの人に会うためのもので、この瞬間のためだけに生きてきたのだと思いはじめていた。

ガブリエルと結婚する動機が彼女の中で変わっていた。君主の妻になる夢なんかどうでもよくなったのよね？　わたしが本当に求めていたのは、何？

愛情だわ。

庭園がほのかに白みはじめ、オリヴィアは背を向けて寝室へと戻った。ガラスのドアを閉めた彼女は、机の鍵をかけた引き出しに目を留めた。引き出しには重要な書類が入っていて、中には彼女のカルテのファイルもあった。引き出しの真鍮《しんちゅう》の部分、前からあんなにひっかき傷だらけだったかしら？　宮殿内の誰かが机をこじ開けようとするなんてありえない話だ。オリヴィアは双子が来たあの夜を思い出した。真夜中に怪しいメイドが彼女の部屋にいた。何かがなくなった様子はなかったので、それ以後は忘れていたのだが。

数時間後、秘書のリビーが部屋に入ってきたとき、オリヴィアはまだ机の前に座っていた。引き出しを調べ、何も荒らされていないのは確認できた。でも、双子が来たことがマスコミにもれたことと、マリッサの怪しいブレスレットの件も鑑み、オリヴィアは分厚いファイルを一ページずつチェックし、一枚も紛失していないのを確かめていた。

「なぜ書類をごらんになっていらっしゃるのです？」

「思い過ごしなのかもしれないけれど、机の鍵穴に新しいひっかき傷がついているのに気がついたのよ。わたしのカルテが盗まれたりしていないか、確認しておきたくて」オリヴィアはリビーがすぐに返事をしなかったので、顔をあげた。「何かあったの？」

「プリンス・クリスティアンが、マスコミに情報がもれた件で宮殿のスタッフに聞きとり調査をされているんです」

オリヴィアはぞっとした。「宮殿の誰かが情報を外に流している、と彼は考えているのね？」ガブリエルとマリッサの写真を思い出した。あれはパパラッチの撮った写真ではなかった。友人と一緒にいるところを撮られていた。

オリヴィアは鍵穴にもう一度触れ、ひっかき傷が最近のものなのかどうか見分けられればいいのにと願った。もしも誰かが彼女のカルテを手に入れて公にしてしまったら、恐ろしいことになる。

「クリスティアンの調査のことは、何かわかったらすぐに教えてちょうだい。それと、この書類を保管するのにもっと安全な場所がないか、探してね」

バイオテクノロジー企業の工場見学をしながらも、ガブリエルは気が散って仕方がなかった。数日かけスイスとベルギーを巡って、シェルダーナへの生産ライン移設に乗り気な企業の製造工場の視察をしている。この手のことはクリスティアンにさせるべきだったな。あいつは新進気鋭のテクノロジー産業への投資で、大金を稼いだこともある。生産ラインや設備計画のあり方についても興味を持っただろう。

とはいえ、今回の出張は絶妙のタイミングだった。出発前はオリヴィアの元に夜ごとに通いつめ、人生で一、二を争う情熱に満ちた時間を過ごしていた。オリヴィアは官能への切望と生まれつきの好奇心を武器にガブリエルの心の防衛ラインをやすやすとかいくぐり、甘い媚薬《びやく》のような唇で彼の肌を撫で、危険な誘惑をそっと彼の耳に注ぎこんで体を開き、ガブリエルを虜《とりこ》にしていた。

　オリヴィアと少しでも長く二人きりで過ごしたい。そう強く願うようになったガブリエルは、彼女を結婚相手に決めた当初の理由を忘れかけているのではないかとみずからを戒めていた。オリヴィアが洗練された教養と落ち着きを漂わせる貴婦人で、優しい心の持ち主だったからこそ、婚約者に選んだのだ。断じて、狂おしいキスの嵐や炎のような絶頂感を与えてくれる女性だからではない。

　工場長の話はだらだらと続き、ガブリエルは咳払《せきばら》いをして襟元をぎゅっと引きしめた。オリヴィアの元を離れて過ごす必要があった。だが残念なことに、距離をおいても望むような効果は得られなかった。オリヴィアと離れて過ごしさえすれば冷静になれるだろうと思っていたが、見込み違いだった。こんな形で、オリヴィアに心奪われることになろうとは。計算外だった。分別を備えた人生の道連れとなり、国をおさめるよきパートナーになってもらうつもりではなかったのか。ベッドの上で豹変《ひょうへん》するじゃじゃ馬ではなく。

〝希望〟……。

　あのタトゥーが彼に理性を失わせたのだ。あんなセクシーな位置に、あのメッセージとは。

毎日のように、予想外の一面を見せてくれる女性。彼女にここまで影響されていたことに気づかずにいたとは、我ながらおめでたい話だ。それでいて、二人の絆《きずな》がどんどん強くなるのを、今のぼくは止められない。自分なりの落としどころを見つけるまで、せめて歯止めをかけておくぐらいが関の山だ。

　ガブリエルが出張に出た数日後、オリヴィアは大公妃と個人的にランチを一緒にとることになった。

約束の時間の十分前、オリヴィアは真珠のピアスをつけ、姿見の前で服装を点検した。選んだのは袖のないデザインのピンクのワンピースで、白い縁取りがついている。細い白のベルトを締めてウエストを際立たせ、足元は花柄のパンプスを合わせてみた。フェミニンな装いには、柔らかな雰囲気のヘアスタイルが必須だ。髪はおろして軽くブローし、自然なウエーブだけにしておいた。

今朝起きたとき、下腹部に少し違和感があった。最高のコンディションとは言えなかったが、ランチの予定をキャンセルするほどではなかった。

不安な気持ちを振り払うように息をつき、彼女はロイヤルファミリー専用のダイニングルームに足を踏み入れた。淡いブルーの椅子が並び、大きな窓にかかったカーテンも同じ色だった。白壁に金色の豪華な漆喰《しっくい》細工が映えるきらびやかな室内で、椅子とカーテンのブルーだけが色味を添えていた。二階のほとんどの部屋に比べ、ずっとくつろげる部屋ではあったが、それでいてここが宮殿であるという事実はオリヴィアの頭から離れなかった。

「かわいらしい装いだこと」部屋に入ってきた大公妃が言った。落ち着いたラベンダー色のクラシカルなデザインのスーツに身を包み、誰もが目を奪われそうな大粒の南洋真珠のネックレスをつけている。オリヴィアの視線に気づき、彼女はネックレスに触れて言った。「大公からいただいたのですよ」

「とてもすてきですわ」

「夫のマッテオは、とても趣味がいいのよ」ダイニングテーブルへどうぞ、と大公妃は身振りで示した。二人がテーブルに着くと、メイドが大公妃の前に炭酸飲料のグラスをおいた。「ダイエット・コークよ。二十年前に、アメリカを訪問したときに初めていただいたの。やめられなくなってしまって」

オリヴィアはよくわかると言いたげにうなずいた。

炭酸飲料はあまり好きではなかったけれど、特定のものにすっかりのめりこんでしまう心境には大いに賛同できた。背の高い金色の瞳のプリンスに、とか。

ボーイがサラダを出すと、大公妃はオリヴィアがどの程度シェルダーナの政治状況や経済面の課題について知識があるのか確かめようと、矢継ぎ早に質問してきた。結婚式の準備の話をと思っていたオリヴィアには予想外だったが、彼女は喜んでこの国についての知識を披露した。今はまだ〝この国〟でも、近々〝わが国〟と呼ぶことになるだろうシェルダーナについて、楽しげに。

「あなたがこんなに聡明《そうめい》な方だと、息子は知っているのかしら？」考えこむような表情の大公妃の前にデザートの皿が出された。それを見て、彼女は眉をひそめ、ため息をついた。「まあ。うちのシェフはまた新しいものに冒険したみたいね」

こんな不思議な果物を見たのは初めてだ。大きさは彼女の握りこぶしくらいあり、ショッキングピンクのガサガサした皮に包まれて、半分にカットされた切り口から、白い果肉の中に小さな黒い種がたくさん入っているのが見える。真ん中がくり抜かれて、ヨーグルトと苺《いちご》のスライスが添えられていた。

「ドラゴンフルーツですって。なかなか乙な味よ」大公妃が言った。

オリヴィアもひと口だけ食べてみた。食感はキウイに似ていて、噛《か》むごとに種がぷちぷちとはじける。

「顔色がよくないわね。息子がいないあいだは、ゆっくりできるでしょう」

オリヴィアは全身が熱くなるのを感じた。息子が毎晩どこで過ごしているのか、ちゃんと知っているとほのめかされたのだ。

「あら、そんな傷ついたようなお顔をなさらないで。あなたたちはいずれ結婚するのだし、息子も婚約期間を手短にすませたいと考えたのね。だいいち、この宮殿では隠し事はないんですよ」

「承知しておりますわ」ガブリエルとの逢瀬《おうせ》が二人だけの秘密であればと願うほど、彼女はおめでたい性格ではなかった。

「ベサニーとカリーナが結婚式で着るドレスは、どんな状況かしら？」大公妃から双子たちが式に列席する承諾を得るのに数日かかったが、最後はガブリエルの説得が功を奏した。

「今週末には、できあがる予定です。デザイナーのノエルがとても美しいレース地を選んでくれました。きっとお気に召していただけると思います」

「ノエルはとても才能のある人ですよ。あなたたちの装いはさぞや美しいでしょうね」大公妃は満足げにうなずいた。「本当に、今回の息子の子どもたちの件で、あなたは世のどんな女性もまねのできないようなみごとな対応をしてくださったわ」

「あんなにかわいらしい二人ですもの。誰でも好きになって当然です」オリヴィアは正直に答えたが、大公妃が何を言いたいのかはちゃんとわかっていた。「わたしは子どもが大好きなんです。子どもたちがよりよい人生を送れるように手助けしてあげたい。その思いが、わたしの慈善活動を支えておりますの。もし、ベサニーとカリーナが誰の子かを理由にして二人を見捨ててしまっていたら、卑劣な偽善者だと言われても仕方ありませんわ」

「あの子たちは、すっかりあなたを気に入っていますよ。あなたはすばらしい母親になるために必要なものをすべてお持ちのようね」

「おそれ入ります」

未来の姑《しゅうとめ》に褒められ、本来ならほっとできるはずだった。だがオリヴィアの耳には、体内時計がかちかちと大きな音をたてて時を刻むのが聞こえていた。

8

「いい旅だったかい？　兄さん」飛行機から降りるガブリエルを出迎えたクリスティアンが言った。

「おみやげもあるんだろう？」

「もちろんだ」ガブリエルは書類鞄《かばん》を持ちあげると弟に手渡し、待機していたリムジンに乗りこんだ。

「おまえが興味を示しそうな資料がたくさん入っている。技術系はおまえとニックの得意分野だろう」

ガブリエルが期待していたほどの成果はなかった。主な原因は、彼がずっと気もそぞろでいたからだ。自分でもやっかいに思うほど、オリヴィアのことがたえず頭に浮かんでしまって集中できなかった。

「おまえに行かせるべきだったのかもしれないが、今回はぼくが行かざるをえなかった。ハイテク企業をもっとシェルダーナに誘致したい。そのためには、事業拡張を考えている企業と直談判《じかだんぱん》をすることが、いちばんの近道だからな」

「兄さんはそういった交渉事が大嫌いだけどね」

「どんなにつらかろうと、立場上しなくてはいけないことだってある。これもその一つだ」

「結婚は？」クリスティアンは、兄の鋭い視線を笑って受け流した。

「ぼくがオリヴィアとの結婚をどう思っているかは、おまえには関係ない」

「隠すなよ。兄さんと彼女は、恋するティーンエージャーみたいにお互いすっかりのぼせあがっているらしいじゃないか」

ガブリエルは不機嫌そうになった。それでいて、オリヴィアにひと目会いたい、彼女の柔らかな唇にキスしたいという思いが、電流のように体を通り抜けたのを否定できなかった。

「恋に落ちたわけじゃない。だが、相性がいいのは否定しないさ」この話は終わりにしろとばかりに、彼はクリスティアンをひとにらみした。

「兄さんはそうだとしても、オリヴィアも同じだと断言できるかい？」

「ばかばかしい」ガブリエルは言った。「つき合いはじめてまだ数週間だぞ」

「ひとめぼれなんて信じないのかな？」

クリスティアンが真剣な顔をして尋ねてきたので、ガブリエルも好奇心をそそられた。「おまえは？　理屈も理性も吹っ飛ぶような衝撃を、今までに女性から受けたことはないのか？」

クリスティアンは一瞬きらりと目を輝かせたが、すぐに元の表情に戻った。「兄さんは？」

「ぼくは、プリンスとして結婚が義務づけられているから結婚する。それだけだ」

「じゃあ、もし結婚せずにすむなら？」

「そんな選択肢はこれっぽっちもなかったし、考えたこともない」もしマリッサと結婚できていたら、ガブリエルは彼女との関係をずっと続けていられただろうか？　あの恋にのめりこんだのは、二人を取り巻く状況がそれを許さなかったからではないか？

「動揺させちゃったみたいだね」

「始めからそれが狙いだろう」ガブリエルは窓の外を見た。リムジンはすでに宮殿の敷地に入っていた。二頭のポニーと、それに乗るベサニーとカリーナがちらりと見えた。娘たちの姿を見てガブリエルはつい嬉《うれ》しくなり、クリスティアンを不憫《ふびん》に思った。結婚に対しこれほどシニカルな態度を示すようでは、おそらく一生、わが子をその手で抱き、顔中に熱烈なキスを受ける楽しみとは無縁のままに違いない。

「おやおや！」クリスティアンが叫んだ。「目尻がすっかりさがっているよ」

「ポニーに乗った天使たちを見つけたのさ」

クリスティアンが鼻を鳴らした。「どこが天使なものか。あの子たちの〝かくれんぼ〟のおかげで、宮殿中が上を下への大騒ぎをさせられたよ。ちょっとした隠れ場を見つけると、使用人を総動員して捜すまで出てきやしないんだ。ここ数日オリヴィアが体調を崩してから、ますますそれがひどくなった」

ガブリエルが眉をひそめた。「オリヴィアがどうしたって？　病気なのか？」

「知らなかったのかい？」

「彼女とは昨夜《ゆうべ》も電話で話したばかりだ。何も言っていなかったぞ。悪いのか？」

「さあ。数日前から部屋に閉じこもったままだよ」

「ずっとベッドで横になっているのか？」

「どうかなあ。寝室に咲く可憐《かれん》なイギリスのバラの様子をぼくに見てきてほしいのなら、ひと言あってしかるべきだね」弟は冗談めかして言った。

ガブリエルは車を降りて足早に宮殿へ入った。なぜオリヴィアは、具合が悪いことを隠していたのだろう？　ガブリエルは階段を一段飛ばしであがり、彼女の部屋へ向かった。

メイドに通され部屋に入ってみると、オリヴィアが彼のほうに背を向けて寝椅子《カウチ》に座っていた。机の脇には彼女の秘書のリビーがいた。椅子に座っていた妹のアリアナが、彼に気づいて声をかけた。「おかえりなさい、ガブリエル兄さん」

「あなたがいなくて寂しかったわ、ガブリエル」オリヴィアも彼のほうを振り向いた。色白な顔立ちから健康的な輝きが失《う》せ、目には隈《くま》ができている。

ガブリエルの胸に不安が広がった。オリヴィアのそばのソファに座ると、彼女の頬に指先で触った。

「どうして具合が悪いことを言わなかったんだ？」

「なんでもないのよ」

「こんなに青白い顔をしているじゃないか。どうしても理由を聞かないと」

オリヴィアはため息をついて、アリアナのほうにふっと視線を投げた。青い目を大きく見開いている。アリアナは席を外した。秘書も姿を消して、ガブリエルはオリヴィアと二人きりになった。

ガブリエルはあらためてオリヴィアに向き直った。

「何があったんだい？」

くすんでいたオリヴィアの頬に、赤みが差した。

「今月は、いつもより生理がずっと重くって」

ガブリエルはほっとした。それで恥ずかしくて、口に出せずにいたのか？　彼は指先でオリヴィアの顎を軽く持ちあげた。

「ぼくはきみの夫になる人物なんだよ。こういった体調管理のことも含めて、なんだろうと話せるようにしてくれないとね」

彼女は何かつぶやいたが、ガブリエルの唇がその柔らかな唇に重ねられた。

オリヴィアの心に愛《いと》しさが広がった。ベッドの中では彼のことをプリンス・ガブリエルとか、殿下と呼ばない約束だったが、オリヴィアはガブリエルのことをどんな愛称で呼ぶかをまだ決めていなかった。ダーリン？　スイートハート？　あなた《マイ・ラブ》？

「旅行はどうだったの？」

「長かったな」オリヴィアの首筋にキスした彼は、彼女が震えたので微笑《ほほえ》んだ。「それに寂しかった」

オリヴィアは愛しい人の顔を手のひらで包んだ。

「わたしも。だって本当は――」

ノックの音がして、オリヴィアの言葉は遮られた。ガブリエルはうんざりしたようにため息をついて、オリヴィアの鼻の頭に軽くキスすると、廊下にまで響き渡る大声をあげた。「入れ！」

スチュアートがドアの陰から顔をのぞかせた。

「大公陛下が、殿下は首相とのミーティングをお忘れなのではないかとご心配されておいでです」

ガブリエルは立ちあがり、前屈《まえかが》みになってオリヴィアの手を取った。「お呼びがかかったらしい」

「そうね」彼女は口元に微笑みを浮かべていたが、目は微笑んでいなかった。「今夜は、夕食をご一緒できるかしら？」

「残念だが、難しいだろう。予定が入っている」

「そう」

ガブリエルはオリヴィアのちょっとした表情から、彼女の本音が読みとれるようになっていた。

「あとで様子を見に寄るからね」

オリヴィアの目がすがるようにじっと彼を見つめ、放そうとしなかった。「待っているわ」


ピルの服用をやめてから初めて迎えた生理だった。ガブリエルと情熱的な触れ合いを幾夜となく重ねたのに妊娠していなかったとわかり、オリヴィアは最初がっかりした。やがてそれが不安に変わった。覚えのある症状が現れてきたのだ。病気が完治していない可能性が現実になりつつあった。子どもを宿し、出産の日まで育んでいくことは、思ったほど簡単ではなさそうだった。

そして昨日、帰国したガブリエルに会ったとき、オリヴィアは自分がどうするべきかはっきり知った。ガブリエルに真実を話さなくてはならない。どんな反応をされるかはわからなかったが、この先に何が起こっても、ガブリエルと協力し、二人で解決策を考えていきたかった。


「オリヴィア？」

ノエル・デュボンの優しい呼びかけに、オリヴィアははっとした。結婚式でフラワーガールになる双子たちの衣装をノエルが宮殿に持参して、試着をさせていた最中だった。オリヴィアはまばたきして、ほっそりした黒髪のデザイナーを見つめた。

「ごめんなさい、ノエル。今、何か言った？」

「あなたのドレスも、来週ここにお持ちして最後の試着をされますか、とおききしたんですよ」

「持ってきていただけると助かるわ。式の準備に追われているから、時間も節約できるし」

「かしこまりました」

双子が新しい服を身につけて現れた。おそろいの白いドレス。総レースのスカートに黄色の幅の広いサテン地でできたサッシュベルトを結んだ二人は、天使のようだった。ノエルのアシスタントが双子たちの髪をアップにして、ベルトと同色のリボンが飾られた花冠をのせた。「とりあえずこんな感じでいかがでしょう。お気に召したなら、当日は黄色いバラでつくります」

「完璧だわ。ありがとう、ノエル。こんなに短期間で仕上げてくれて」

「気に入っていただけて嬉しいです」

ノエルと彼女のアシスタントがドレスの手直しをしているあいだ、オリヴィアはベサニーとカリーナに結婚式でどんな役目を演じてもらうか説明した。双子たちは目をくりくりさせ、真剣な面持ちでオリヴィアの言葉に聞き入っていた。

一時間後、ドレスを持ったノエルが帰り、オリヴィアが双子に本を読み聞かせていたとき、ノックもなくいきなり部屋のドアが開いた。驚いた彼女がソファの上でくるりと体を向けると、ひどく不機嫌な顔をしたガブリエルが立っていた。

「どうしたの？」

「そろそろ昼だぞ。子ども部屋に帰らせる時間だ」

ガブリエルの氷のような声と態度に、そばにいた子守り役のメイドがはじかれたように立ちあがった。

オリヴィアは本を横におき、子どもたちに父親にキスして抱きしめてもらうよう促した。ガブリエルは双子には多少優しい態度で接していた。だが一分後、双子がメイドに連れていかれていなくなると、ガブリエルはまた表情を険しくした。

「事実なのか？」彼が尋ねた。「きみが、妊娠できない体だというのは」

思いも寄らない問いかけだった。どうして彼が？　このことはリビーしか知らないはずだ。彼女が裏切るとはとても思えなかった。

「どこでそれを？」

ガブリエルは部屋を横切りリモコンを手にした。テレビのスイッチを入れる彼を見ていたオリヴィアの心に恐怖が広がった。怒ったときの彼がこんなに恐ろしいなんて。

〝宮殿関係者の話によりますと、殿下の未来の花嫁がシェルダーナ公国のお世継ぎを産むことは、極めて難しいそうです。プリンス・ガブリエルは、どういうつもりでプロポーズしたのでしょうか？〟

もしガブリエルに腕をつかまれていなかったら、彼女はへなへなと床に座りこんでしまっただろう。

「本当のところを話してくれ」食い入るような目でガブリエルはオリヴィアを見つめている。

「過去に病気を抱えていたわ。でも手術を受けたし、妊娠できるはずなのよ」しかしここ数日の経緯もあり、自信がだんだん持てなくなっていた。

「妊娠できるのか、できないのか、どっちだ？」

「六カ月前にプロポーズされたときには、できると思っていたわ。今は、正直言ってわからないの」

「なぜ打ち明けてくれなかった？」ガブリエルが腕を放した。触れているのも嫌だというかのように。「永遠に隠しておけるとでも思っていたのか？」

「問題になるとは思わなかったのよ」オリヴィアは両手の震えを静めようと手を組み、御影《みかげ》石の彫刻のように立ったシェルダーナの継承者を見上げた。今の彼の様子では、とても理性的に話を聞いてくれそうになかった。「子どもができないと思っていたのなら、あなたとの結婚を承知したりしないわ」

「だが、医者からは子どもができる可能性が低いと告げられたんだろう？」

「そうは言われていないの。可能性は十分にある、と聞いたわ。でも、妊娠するにはピルの服用を中止しなくてはならないし、十年近く続けていたピルをやめることで、わたしの体にどんな影響が出るかはわからない、とも言っていた」

「しかし、きみは処女だった。それは間違いない。どうしてピルを服用する必要があったんだ？」

「わたし、生理がとても重くて、ピルをのむことで症状を抑えられたのよ」彼女は両腕で、自分の体を抱きしめた。「ピルはロンドンを出る前にやめたわ。できるだけ早く妊娠したかったから。すぐにでも、あなたの子どもを産みたかった。それだけがあなたの望みだとわかっていたから」

ガブリエルは表情を変えなかったが、一瞬、唇を固く結んだ。「真実を語ってほしかった」

「今夜話すつもりだったの。あなたと相談しないといけないと思って」

「ぼくには跡継ぎが必要なんだ、オリヴィア……」

とげとげしかった彼の口調から力が抜けていった。

「わかっているわ」

ガブリエルには世継ぎとなる男児を産んでくれる女性が必要なのだ。鋭い痛みが体内を駆け抜け、オリヴィアは顔をゆがめた。

「大丈夫か？」

オリヴィアはかぶりを振った。「朝からとても忙しくしていたから。薬をのんで、少し横になるわね。話の続きはまた午後にしてもいいかしら？」

返事も待たずに、オリヴィアはバスルームにある痛み止めの錠剤を取りに行った。ドアを閉め、ガブリエルが様子を見に来ませんようにと願いながら、両手を洗面台の上についた。鏡の中に映った自分の顔を見ると、目の下に隈ができ、口のまわりが血の気を失って白っぽくなっていた。

　痛みが激しくなる。氷の刃《やいば》が突き刺さるようだ。かつてなかった症状。オリヴィアは恐怖を覚えた。

　無理に深呼吸をし、意識して息を整え、吐き気と闘いながら、オリヴィアは薬をのみこんだ。すぐに痛みは鈍くなり、彼女は寝室に戻ることができた。そこには大公妃がリビーと待っていた。

「パイナップル・ジュースを試してみた？」大公妃の言葉にオリヴィアは困惑した。

「いいえ」

「症状が楽になるはずよ」

　オリヴィアは両手をしっかり握りしめた。なぜ優しくしてくれるのかしら？　あのニュースを知っているはずなのに。

「ご心配をかけてすみません。飲んでみますね」

「この宮殿でお世継ぎを産もうとして大変な努力をした女性は、あなたが初めてではないのよ。大公に嫁ぐためこの国に来たとき、わたしはまだ若くて、どうしても男の子を産みたいと思っていたの。夫のマッテオには男兄弟がいなかったから。体外受精を受けて、三度目で成功したのよ。ガブリエルとニックとクリスティアンを授かったわ」

「それに、プリンセス・アリアナも？」

「あの子だけは、奇跡の赤ん坊だったの」

　奇跡の赤ん坊。すてきな響きだった。奇跡こそ、今の彼女が必要としているものかもしれなかった。

「わたしの息子を愛している？」

「はい」

「よかった。では息子のために、できる限りのことをしてくださるわね？」

　それだけ言うと、あとはオリヴィアに独りで考えさせるため、大公妃はリビーと部屋から出ていった。

そのすぐあとでドアが開いたとき、オリヴィアはリビーが戻ってきたのだと思い顔をあげた。しかし、そこにいたのはメイドだった。「用事は特にないわ。また夕方に来てちょうだい」

「荷物を詰めてさしあげようと思いまして。子どもを産めない体だと殿下に知られてしまった以上、すぐイギリスへお帰りになりたいでしょうから」

予想もしなかった悪意に満ちた言葉に、オリヴィアの全身の血がかっと熱くなった。「ばかなことを言わないで。わたしがここを出ていくですって？」

オリヴィアは立ちあがった。刺すような痛みが走り、よろめいた彼女は椅子の背もたれをつかんだ。呼吸が苦しげなあえぎに変わる。ただごとではない。

「もちろん出ていくのよ」常軌を逸した熱っぽい目をぎらつかせてメイドが言った。「ガブリエルは、あんたのような欠陥を抱えた女を妻になんかしないだろうし」

「それを決めるのは彼でしょう」焼けた火かき棒を下腹部に突っこまれたような痛みに耐えて、会話に集中するのは難しかった。「出ていって」

「偉そうな顔をしてわたしに命令できると思ったら大間違いよ」相手が言い返した。「伯爵令嬢で父親がお金持ちだからって、何様のつもり？」

オリヴィアは相手の顔を思い出した。双子たちが来た夜、部屋で机をあさっていたあのメイドだ。

「あなたは誰？」

「あんたなんか、わたしの妹の足元にも及ばない」

つかみかかってくるかのような相手のそぶりに、オリヴィアはよろめきながらあとずさった。

「マリッサがあなたの妹？」まさか、この人が？

「そうよ。妹だった。美人で、生き生きしていた。プリンス・ガブリエルに破滅させられるまではね」

「どういうこと？」

とにかくこの女性をしゃべらせつづけなければ。

背後のどこかに、頑丈で鍵のかかるドアのついたバスルームがあるはずだった。

「ガブリエルに会いにヴェネチアに行ってから、あの子はどんどん塞ぎこんでいった。捨てられたと知って生きる希望を失ってしまった」マリッサの姉はそう言うと、原因は彼女だと言わんばかりの目で、オリヴィアをにらみつけた。

「あなたの妹が、ショックを受けたのには同情するけど――」

「ショックを受けたですって？」叩《たた》きつけるような言葉が返ってきた。「絶望していたのよ。自殺を図るほどにね。妹は手首を切った。出血で死にかけていたあの子を見つけたのは、わたし。病院で妊娠がわかった。あの子は娘たちを愛していた。双子たちがあの子のすべてだった」

　オリヴィアは手探りでドアの外枠を見つけた。

「ベサニーとカリーナはとてもいい子たちだわ」

「あの子たちはプリンスにはもったいない。あんな男が幸せになっていいはずがない！　あんたが子どもを産めなくなったから、ガブリエルはもう幸せになれない！　もうあんたを求めたりしないわ！」マリッサの姉は、感情に任せてヒステリックに叫びつづけていた。

　新たな痛みに襲われ、オリヴィアは体をよじった。バスルームに入り、ドアに爪を立ててしがみつく。視界の隅を黒々としたものが浸食していく。助けは求められないとわかって、ドアを閉めロックした。マリッサの姉がすさまじい剣幕で外から叩くので、ドアはがたがたと揺れ、オリヴィアはよろめいた。

　全身の力が抜け、オリヴィアは床にくずおれて背後の洗面台にもたれかかった。誰かが見つけてくれるまでドアが持ちこたえられることに望みをかけた。ガブリエルについての話が、どうか間違いであってほしい。オリヴィアは祈るような気持ちだった。

9

ガブリエルは前のめりになって馬に跨《また》がり、追い立てるように疾駆させた。吹きつける風を顔に感じ、蹄《ひづめ》の音に心を集中させ、押し寄せる感情の波を乗り越えようとした。オリヴィアの部屋を出てずっと、激しい嵐にも似た心の葛藤を静めるため、馬を走らせていた。

オリヴィアを一方的に責めたのは不公平だった。ぼくの知る彼女は、誠実を絵に描いたような人物だ。子どもが産めないかもしれないと言われれば、女性なら誰だってその可能性を否定したくなるだろう。そうじゃないか？　とりわけ、オリヴィアのように愛情深く子どもに接する女性なら。ベサニーとカリーナがどんなにオリヴィアと強い絆《きずな》で結ばれていたことか。オリヴィアの優しさはあの子たちと、ぼくの心をとらえて放さなかった。

今頃、父と母がこの問題にどう対処するかを相談しているだろう。跡継ぎを産めるかどうかわからない女性とは結婚しないように忠告してくるはずだ。だが、オリヴィアの病状がどの程度のものなのかがはっきりするまで、ぼくは結論を出すつもりはない。

もし本当に子どもを持てない体だったら？

彼女の父親であるダーシー伯爵と交渉しなければならない。オリヴィアがガブリエルの妻となるのが、工場を誘致する条件なのだから。どちらにしても、進退窮まるわけだ。跡継ぎか経済発展か、どっちに転んでもガブリエルは両親とシェルダーナの国民を失望させることになる。

ガブリエルが宮殿に戻ったのは二時間後だった。

南の棟にあるロイヤルファミリー専用のサロンに入ると、家族が全員そろっていた。

　妹のアリアナが来て、ガブリエルを抱きしめた。

「オリヴィアの様子を見てきた？　兄さん」

「いいや。ぼくは馬でひと乗りしてきたところだ」

　父の大公が眉をひそめた。ガブリエルは父を無視して母の隣に腰をおろした。

　大公は鋭いまなざしでガブリエルをにらみつけた。

「どう対処するつもりなのだ？」

「対処？」

「わたしが言っているのは、レディ・ダーシーをどうするのかということだ」

　家族全員の視線が、ガブリエルに集まっていた。部屋全体が固唾《かたず》をのんでいるかのようだった。

「どういう意味です？」ガブリエルはきき返した。

「おまえには、子どもを産んでくれる妻が必要だという意味だ」

　平たく言えば、オリヴィアとの婚約を破棄して、彼女を選んだ時点で落選となったその他大勢の女性の品定めを再開するということだ。

「ダーシー伯爵にはどう説明しますか？　あなたのご令嬢には、子どもを産ませるだけの存在価値しか見出《みいだ》していませんでしたとお伝えしましょうか？」

　父がうなったのを聞き、ガブリエルは皮肉がすぎたと気がついた。かまうものか。父に何ができる？ほんの一瞬、ガブリエルは父への反抗に酔いしれた。ティーンエージャーだった頃、ガブリエルは三兄弟の中でいちばん出来のいい息子だった。問題らしい問題を起こしたことがなく、起こしたとしても深刻なものではなかった。

　次男のニックは十五歳の頃からロケットの実験で何度も部屋を火事にしていた。末っ子のクリスティアンは、十四歳で叔父のフェラーリを〝借りて〟おもしろ半分に乗りまわした。とどのつまり、高価なスポーツカーが用水路に半分沈没してしまい、クリスティアンはこってりしぼられた。それでいっとき素行がおさまったものの、完全にあらためさせることはできなかった。

長男であるガブリエルは、孝行息子よろしく国の期待を一身に担った。母親の大公妃につき従い、数々の慈善活動に参加する彼の写真が新聞の紙面を飾るたび、この晴れがましき〝青年の鑑《かがみ》のような〟人物を時期君主に仰げるとは、シェルダーナの国はなんと幸運であるかという見出しが躍った。

「わたしも、子どもがなかなかできずに苦労いたしました」大公妃の言葉でその場の緊張が緩んだ。

言葉を超えたやりとりを交わす両親を見て、ガブリエルはふと父母がうらやましくなった。

「あとでオリヴィアと話をします」

「婚約は取りやめるつもりなのだな」

「それが必要かどうかはまだわかりません。病気を治すために、手術を受けたと彼女は言っていました。もっと綿密に調べ、婚約破棄などという過激な手段を選ぶ前に、医者と相談しなくては」

ノックもなしにいきなりドアが開き、全員が目を向けた。心配そうに顔をこわばらせたスチュアートがドア口に立っていた。

「突然お邪魔して申し訳ございません」頭をさげて彼が言った。「レディ・ダーシーの身に何かあったようです」

ガブリエルの心臓が跳ねあがった。立ちあがるとわずか三歩で部屋を横切った。「何があった？」

「わかりません。秘書の話では、バスルームに鍵をかけて閉じこもり、ノックしても返事がない、と」

「なぜ、彼女に異変があったとわかる？」

「切り刻まれた衣服が部屋中に散乱していました」

叫び声をあげたガブリエルが秘書の横を通りすぎ、一目散に廊下を進んでいった。いつもならガブリエルに負けず劣らず俊敏な彼の秘書も、このときばかりは小走りしないとついていけなかった。

ガブリエルはオリヴィアの部屋に入り、惨状に驚いたが、足を止めたりはしなかった。バスルームのドアのところにオリヴィアの秘書がいて、しきりにノックしたり外から呼びかけたりしている。秘書を押しのけ、彼はドアを蹴破った。

鉄に似た血の匂いがつんとガブリエルの鼻をつく。オリヴィアが冷たいタイルの上に横たわっていた。大きな鮮紅色の血のしみが、淡いブルーのスカートについている。

「救急車を呼べ！」彼はオリヴィアのそばに屈《かが》み、彼女の胸が上下しているのを見た。「きみが部屋に入ったのはいつ頃だ？」オリヴィアの秘書に尋ねた。

「たぶん十分くらい前です。お電話したのですが、ドアも開けてくださらず、ノックをしてもお返事がなかったのです。部屋がこのようになっているのを見て、何か起こったのだと思いました」

出血してからどれくらい経過しているのだろう？恐怖が体の中で湧き起こる。彼女が死ぬわけがない。そんなことはさせない。

「ベッドから毛布を取ってきてくれ。病院へ連れていくぞ」

オリヴィアの秘書が指示に従った。「救急車はどうされるのです？」

「時間がない」しだいに血の気を失っていくオリヴィアをただ見ているだけなんて、おかしくなりそうだった。オリヴィアを助けることしか、頭になかった。さっき大声であたり散らしたばかりの相手だろう？　いいや、そんなことは忘れろ。今は彼女を病院に連れていくことが最優先だ。

ガブリエルはオリヴィアの下半身を毛布でくるみ、両腕で彼女を抱きあげた。部屋のすぐ外の廊下に、家族が来ていた。手を貸そうかと尋ねる父と弟には何も言わず、ガブリエルは脇を通り抜けた。

こんな悲劇を起こしたのはぼくの責任だ。もっと親身な態度で接していれば、オリヴィアは病気の件を話してくれていたかもしれないのに。

リムジンが玄関先の階段の下で待っていた。ガブリエルはオリヴィアを後部座席に担ぎこみ、膝の上で抱きしめた。

「急げ！」ガブリエルは大声で運転手に命令した。

エンジンが力強くうなりをあげ、車は市街地を駆け抜けていった。たった十五分がこれほど長く感じられたことはかつてなかった。

ガブリエルはオリヴィアの額に唇をあてて、どうか持ちこたえてくれ、頑張ってくれと声にならない祈りを彼女のために捧《ささ》げた。彼女のためにだと？　何を今さら？　あざけるような心の声には耳を貸すまいとしたが、罪の意識がガブリエルを切り刻んだ。

病院の救急搬送口に車をつけたとたん、ドクターたちが車を取り囲んだ。ガブリエルが来ることを、スチュアートがあらかじめ知らせてあったのに違いない。ガブリエルが声をかける間もなく、オリヴィアはストレッチャーで連れていかれ、ガブリエルも大急ぎであとを追った。

処置室にも入れてもらえるとばかりガブリエルは思っていたが、看護師に止められた。

「ドクターの治療中です」

「いつ状況がわかるのだ？」

「担当者からご連絡させます」

「大量に出血しているんだぞ」

「わかっております」

個室に追いやられたガブリエルに、看護師がコーヒーを出した。ガブリエルは看護師の顔を見つめた。オリヴィアが生死の瀬戸際で苦しんでいるときに、なぜこの女性が普段どおりの振る舞いをしていられるのか、彼には理解できなかった。

「いらん」そうはねつけてから、ガブリエルは声を和らげて言った。「ありがとう。ぼくがほしいのは情報だけなんだ」

看護師はうなずき、去っていった。

独り取り残されたガブリエルは、うなだれて顔を両手の中に埋《うず》めた。オリヴィアが死ぬはずがない。オリヴィアがいてくれないのに、どうやってぼくは将来君主の座に就けるのだ。病気の件は、なんとか解決策を探そう。母も跡継ぎを産もうと必死だった。自然な方法では妊娠できないとわかり、専門家の手を借りて今では四人の子の母親だ。

ぼくとオリヴィアも専門医を探せばいい。子どもだって授かれるはずだ。

「ガブリエル兄さん？」

ガブリエルは頭をあげ、妹のアリアナの顔を見た。

「オリヴィアは？」

「今、治療中だ」

「どんな状態か、説明を受けたの？」

「いや。わかったら知らせると言われたが」ガブリエルは時計をちらりと見た。「もう三十分になる」

「オリヴィアは大丈夫よ。兄さん」アリアナはそう言うと、彼のそばに来た。

「お待たせいたしました、殿下」淡い緑の手術着を着た、中肉中背のいかめしい顔つきの男が立っていた。「医師のワーナーと申します」

「オリヴィアの容態は？」

「かんばしくありません。大量に失血しており、今も出血が続いています。手術室に移送しました。患者の命を助けるには、子宮摘出しかないかもしれません。もちろん、それは最終手段ですが」

「なんとしても、彼女を助けてくれ」ガブリエルは刺すような視線をドクターに向けて念を押した。

「なんとしてもだ」

10

目覚めたとき、最初は痛みだけしか感じなかった。鋭いガラスの薄片が突き刺さるような痛み。しだいにそれが鈍くなっていき、オリヴィアはまた暗闇の中に沈んでいった。

　次に意識が戻ったときには、もう少し起きていられた。だが、そう長くは続かなかった。声が耳に届いてきたが、遠すぎて一つ一つの言葉をとらえられなかった。痛みがぶり返してくる。ただひたすら、感覚のない世界に逃げこみたかった。

　〝三度目の正直〟そんな言葉があった。三回目に意識を取り戻したときに、その言葉が頭をよぎったかどうかは覚えていない。体がずきずき痛んだ。いや、痛むのは体ではなかった。下腹部だった。

　恐怖で息もできず、オリヴィアは病院の部屋を見まわした。誰もいない。独りきりだった。

　ガブリエルとのいさかい。それが思い出せる最後の記憶だった。彼はどこ？　わたしが病院にいると知っているの？　さすがに心配しているかしら？

「目が覚められたようですね。よかったわ」部屋に入ってきた看護師が言った。「痛みますか？」

「我慢できないほどではありません」喉がからからに渇いていた。「お水を少しいただけますか？」

　看護師はオリヴィアにコップを差し出し、ストローを唇においた。オリヴィアはほっとした思いで水を飲み、ふたたび枕にぐったり沈みこんだ。

「ひどくだるいわ」

「大変な目にあわれましたからね」

「わたし、いったい……」

「もうすぐドクターからお話があります」

食いさがる気力もなく、オリヴィアは目を閉じて記憶を呼び起こそうとした。いつもよりきつかった生理。そしてひどく差しこむような痛み……おそるおそる指先で不快感の源だった場所を探った。下腹部を押すと、痛みが体を突き抜けた。

そのとき病室のドアが開き、診察着を着た男性が入ってきた。「外科医のワーナーと申します」

「お目にかかれて嬉《うれ》しいですと申しあげるべきなのでしょうけど」

「わかります。さぞおつらかったことでしょう」

「何が起きたのでしょう？」

「出血がひどくて、止めるのが大変でした」ドクターはベッドに備えつけのポケットからカルテを出し、詳細に調べていた。「痛みはどうですか？」

「なんとか我慢できます」ドクターがカルテに何か書きこむのを待ってから、オリヴィアは尋ねた。

「どうやって出血を止めたのですか？」

「手術をしました」ドクターはオリヴィアと目を合わせた。「処置は広範囲に及びました」

これといって特定する言葉はなかったが、彼の表情がその広さの程度を物語っていた。

「わたし、子どもを産むことができない体になったのですね？」

「お気の毒です。出血を止めるには、子宮摘出しかありませんでした」

気の毒そうな顔をしたドクターを見たくなくて、オリヴィアは目を閉じた。傾いていく世界でしっかりつかまっていられるものを必死で探すように、ベッドの柵を握りしめた。嗚咽《おえつ》が込みあげる。歯を食いしばり、叫びを押し殺した。嘆き悲しむのはあとにするのよ。誰もいなくなってからに。

「事実を受け入れるのは難しいでしょう。あなたはこのような経験をするにはまだ若すぎますし」

「知っているのは誰ですの？」

「お父さまと、ロイヤルファミリーの方々です」

「父に会えますか？　ほかの人ではなく父だけに」

「看護師に言って、お連れしましょう」

だが、来たのは父ではなかった。ガブリエルが部屋に入ってきたのを見て、オリヴィアの心臓が早鐘を打った。ガブリエルは彼女の手を取ろうとしたが、オリヴィアはするりとその手をかわした。

「意識を失ったきみが床に倒れていたのを見たときには生きた心地がしなかった」ガブリエルの言葉を聞き、彼女は息が詰まるような思いに襲われた。

「てっきり、ぼくは……」彼は首を振った。

「わたしが悪いの。ピルをのむのをやめたせいで、こんなことになるなんて思ってもいなかったのよ」

オリヴィアの頬を涙が伝い落ちていく。ガブリエルは彼女の髪を撫《な》で、手を握った。だが彼の優しさはオリヴィアをいっそうつらくさせるだけだった。

「オリヴィア、ぼくを許してほしい」

　ガブリエルは彼女の手のひらを自分の頬にあてた。

「いいのよ。少なくともこれで、わたしが子どもを産める体かどうかについては結論が出たわね。もう結婚相手にわたしを選ぶ過ちは犯さずにすむわ」

「きみとの結婚が、過ちであってたまるか」

「こうなってはもう、結婚するのは無理よ」

「まだ無理と決まったわけじゃない」ガブリエルはオリヴィアの手を取ると、憂いを帯びた瞳でじっと彼女を見つめた。

「終わったのよ、ガブリエル」オリヴィアは彼の手を振りほどいた。「あなたはシェルダーナの君主になる人なの。国のことを最優先しないと」

「ぼくには弟が二人いるし――」

「お願い。本当に疲れてしまったの。痛みもあるし。父の顔を見たいわ」

　ガブリエルはまだ言いたりないようだったが、オリヴィアは首を振って、目を閉じた。涙がふたたび頬を流れ落ちたが、彼女は気に留めなかった。

「それにね、もう会いに来てくださらないほうがいいと思うの」

「そんな」

「お願いよ、ガブリエル」

彼が荒々しく息を吐いて言った。「きみのお父さんを連れてくる」

足音が遠のいていき、オリヴィアは目を開けた。ガブリエルの頬に触れた指がうずいていた。

父が部屋に入ってきた。抱きしめられ、オリヴィアは感情をほとばしらせて声をあげ泣きはじめた。

「家に帰りたい」オリヴィアは父に言った。

「ドクターが最低一週間は入院だと言っていたよ」

「ロンドンの病院に転院できないの？」

「おまえの体はまだ旅に耐えられる状態じゃない」

父はオリヴィアの手を軽く叩《たた》いて言った。「たった一週間だ。それから家に連れて帰ってあげるよ」

一週間。長すぎるわ。体をいたわれと言われても、この国を出てガブリエルから遠く離れてしまわない限り、わたしの傷が癒されることは決してないのに。

オリヴィアと話をしてすぐ、ガブリエルは宮殿に独りで戻った。動揺が顔に表れていたのだろうか、玄関ホールに彼が姿を現し執務室に向かっていくのを見て、使用人たちは蜘蛛《くも》の子を散らすように姿を消した。ガブリエルの帰宅が、まるで荒ぶる神の到来のように見えたらしい。

オリヴィアの秘密を知ったときには怒りに駆られたが、だからといってこれで終わりにするつもりはまったくなかった。オリヴィアとベッドをともにしたあとで、彼女を別の女性とすげ替えて残りの人生を過ごすなんてとても無理だ。〝希望〟のタトゥーを見ただろう？　希望。今こそそれが必要なのに。

執務室に入り、彼は火のない暖炉のそばにあった椅子に座りこんだ。昨夜は一睡もできず憔悴《しょうすい》して身も心もぼろぼろになっているはずなのに、ガブリエルは苦々しい怒りで血をたぎらせていた。

オリヴィアの病室を出たときに、わかったのだ。彼の役割はここまでなのだと。ガブリエルの人生におけるオリヴィアの役目が終わったのと同じように。今の二人は、思い出を分け合う赤の他人でしかない。

なんということだろう。彼の胸は痛んだ。

「殿下？」秘書がドアから顔をのぞかせた。

「あとにしてくれ、スチュアート」

現実を受け入れる時間が必要だ。どれくらい？　わからない。オリヴィアなしの人生など考えたこともなかったし、これほどの悲劇をあっさりやり過ごして次へ進みたがっているふりをする気もない。

「殿下」秘書は引きさがらなかった。「お父上の大公陛下が、お会いしたいと」

「父が大公陛下だということくらい知っているさ」

ガブリエルはそう言って、秘書にやつあたりした。

執務室に行くと父は電話中で、ガブリエルは話が終わるのをスコッチを一杯注《つ》ぎながら待った。

「まだ酒を飲むには早すぎる時間ではないのか？」電話を切りながら大公が言った。

「婚約者に振られたときくらい、飲んだっていいんではないでしょうかね、父上？」

大公は息子に厳しい視線を向けながら席を立ち、ガブリエルの手からスコッチのグラスを取りあげ、代わりにコーヒーカップを持たせた。

「ダーシー伯爵からの電話だった。おまえとオリヴィアは婚約を解消したそうだな」

娘がプリンセスとなる道が閉ざされ、企業誘致の話も引っこめてきたのか。ガブリエルは肩をすくめた。「オリヴィアの希望でそうしました。ですが、お気になさることもないでしょう。クリスティアンが、ほかの有望な投資家を見つけてくれるでしょうし」ガブリエルはコーヒーを口にした。「たぶんその中には、年頃の未婚の娘がいる人物も入ってますよ。なにしろぼくという注目株が、こうしてマーケットに戻ってきたわけですからね」

大公は息子の皮肉めいた言葉にも反応せずに言った。「もちろん、ほかの企業の誘致についても進めてほしいが、そう焦る必要はない。ダーシー伯爵は計画をそのまま進めるつもりだ」

ガブリエルは手にしたカップをかちゃんと鳴らし受け皿においた。

オリヴィアのおかげだ。

彼女が父親を説得してくれたのだ。

ガブリエルはよろよろしながら立ちあがった。

「オリヴィアの口添えでしょう。伯爵がこの計画を進めるのに、それ以外の理由はありえない」

「だが、彼女はなんのために父親を説得したのだ？　おまえと結婚できないとわかっていながら」

「そういう女性だからです」ガブリエルは言った。「高潔な女性です。決して約束を破ったりしない。ぼくと違って」

さすがに今度は、父も看過できなかったらしい。

「おまえがレディ・ダーシーとの約束を破ったわけではない。世継ぎを産めなくなったと知ったから、彼女のほうから潔く婚約を解消してくれたのだ」

そうだとも。ぼくがオリヴィアとの婚約を終わらせたいと思ったわけじゃない。

オリヴィアは病院で六日間を過ごした。痛みと悲しみにたえずつきまとわれて、身も心も空っぽになったように感じた。子どもを産む夢を奪われた今、未来への希望は失われた。涙があふれ出して頬を伝う。失ったものはあまりにも大きかった。

そして今朝、あと一日で退院というとき、この一カ月で自分が関わったことをすべてまとめるため、資料を持ってくるよう秘書に指示した。

「本気で、こんな大仕事をされるつもりですか？」ファイルの山を抱えこんだ秘書のリビーがぼやいた。

「何かしら忙しくしていないと、頭がどうかしてしまいそうなの」

秘書はノートパソコンを手にして、椅子に座った。

「プリンス・ガブリエルが……」そう言いかけて、オリヴィアが首を振ったので言葉を止めた。

「ベサニーとカリーナはどうしているのかしら？」

「会いたがっていらっしゃいます」秘書はパソコンを開き、画面を見つめた。「宮殿中の人があなたに会えなくて寂しがっておりますよ」

オリヴィアは話をそちらに持っていきたくなくて、話題を変えた。「マリッサの姉は見つかったの？」

「いいえ。ミラノにある彼女のアパルトマンには、見張りがつけられているそうです。でも、そこには戻ってきておりません。プリンス・ガブリエルは、彼女が捕まるまで安心できないでしょうね」

アリアナとクリスティアンは何度か訪れてくれたが、ガブリエルは一度も来なかった。オリヴィアは彼を避け、秘書を通じて彼女がガブリエルと距離をおきたがっているとあらためて伝えておいたのだ。まだ彼に会う心の準備ができていなかった。

「プリンス・ガブリエルは、それはもう大変心配されておいでです」秘書のリビーが言った。

優しいリビーは、主人への気遣いからそう言ってくれたのだろう。しかしオリヴィアは〝それはもう大変〟という部分はあまり信じていなかった。

「順調に回復していると伝えてくれたわね？」

「あの方は、本当にあなたのことを想《おも》っていらっしゃいます。間違いありません」リビーは身を乗り出して言った。瞳を輝かせ、真剣な顔をしている。

「あなたが死んでしまうのでは、と思われたときのあの方の取り乱しようといったら。ドクターにも、どんな手を使ってもあなたの命を助けるようにと、命令されたそうですよ」

オリヴィアは胸を熱くした。「動揺してしまったのも当然だと思うわ。わたしたち……ここ数週間で親しくおつき合いするようになっていたし。だけど、ガブリエルには跡継ぎが必要よ。わたしでは彼の役に立てないものね」物事がそれくらい単純だったらいいのに。オリヴィアはそう感じた。

「でもあなたは、プリンス・ガブリエルのことを、愛しておいでです」

オリヴィアはガブリエルを愛していた。しかし、彼がそれを知ることは決してない。重荷を背負わせたくなかった。ガブリエルはすでに、マリッサに対して十分な罪の意識を持っているのだ。この上さらに、オリヴィアが決して叶《かな》うことのない思いを彼に抱いたとわかれば、もっと後悔させることになる。

「彼を愛しているわ。でも、誰にも言わないでね」

その言葉を聞いたリビーの顔が華やいだのを見て、オリヴィアはあわててつけたした。「ガブリエルは新しく妻となる女性を探さなくてはいけないのよ。次の花嫁候補への求愛に取りかかろうというときに、わたしのことはいっさい考えないでいてほしいの」

「プリンス・ガブリエルは、絶対に知るべきです」喜びを決意に変えたリビーが言った。

「だめよ。シェルダーナのプリンセスにふさわしいのは、子どもを産める女性だから」

「あなたご自身の幸せはどうなるのです？」リビーがたたみかけてきた。「あなたは幸せになっていい女性ではないのですか？」

「幸せになるわよ」オリヴィアは力強く言った。「わたしの人生がこれで終わったわけではないの。新しい章を始めるわ。わたしが望んでいたものではないけれど、望みどおりの人生を歩める人なんて、そうそういるわけではないでしょう？」

11

六カ月前に彼がはねつけたお見合い相手の写真を、母がずらりとテーブルに並べた。しかも昼食の席で。ガブリエルが食欲をなくすのも当然だった。

「ガブリエル、聞いているのですか？」

「母上、ぼくはこの中のどの女性とも結婚する気はありません」

シェルダーナ大公妃でもある母は椅子に座り直し、ガブリエルをじっと見つめた。「ほかに誰か、心に決めた人がいるのですね？」

「そうです。ずっと以前から、この人と思う女性がいます」

「オリヴィアでしょう？」

「驚かれないようですね」

「あなたは父親に似たのね。親子してどうしようもないロマンチストなんだから」いぶかしげな表情のガブリエルを見て、大公妃は目をきらりと光らせた。「疑っているの？　お父さまからオリヴィアとの婚約を破棄するよう言われたから？　昔、わたしたち夫婦も子どもを持てなくて悩んだわ。あの当時は、それがどんなに大きな問題だったことか。だけど、わたしたちは深く愛し合っていたから」

「ぼくとオリヴィアはそこまで愛し合っていない、とおっしゃるのですね」

「お父さまは、あなたにつらい思いをさせたくなくてああ言われたのよ」母は中腰になって、テーブルの向こうから彼に手を伸ばした。「わたしもね」

ガブリエルは席を立ち、テーブルを回って母の頬にキスした。どうするつもりなの、と尋ねられるかと思ったが、意外なことに何も言われなかった。

ガブリエルは階上の子ども部屋へと向かった。オリヴィアが来るのだ。ベサニーとカリーナへのすてきなバースデープレゼントを持ってうかがいます、と連絡があったことを母から聞いていた。双子に会いに来る彼女を待ちぶせたりして、姑息《こそく》だと思われるかもしれない。だが、なりふりなどかまっていられなかった。小さな双子の天使が教えてくれたのだ。どんな機会も無駄にせず、今を精いっぱい生きろと。あの子たちには過去も未来も関係ない。大好きな人に抱きしめてもらって、かまってもらい、ついでにちょっと悪ふざけをしてポニーに乗る。それだけが人生のすべてなのだ。

喜びは決して理想の状態から生じるものではない。娘たちと過ごすたび、ガブリエルはその思いを強めていた。

双子は子ども部屋にいなかった。庭でピクニックをさせるよう言っておいたからだ。三十分もすれば昼寝に戻ってくるだろう。オリヴィアと二人きりで話す時間はたっぷりある。彼女の到着を待つあいだ、ガブリエルはベサニーのベッドに腰をかけ、ナイトテーブルにあったマリッサの写真を手にした。双子たちの荷物の中にあったスクラップブックから、オリヴィアがこの写真を選んでフォトフレームに入れ、子どもたちのベッドの中間にあるナイトテーブルにおいてあった。ベサニーとカリーナが、母親の顔を忘れずにいられるようにと。

妊娠中の写真だった。まだ臨月ではなさそうだが、それにしても大きなお腹《なか》だ。双子が入っているのをマリッサは知っていたのか？　ガブリエルは指先で彼女の微笑《ほほえ》んだ口元をなぞった。つらい経験をしたことで若さを失ってはいたものの、母性にあふれ輝きを放つ、かつての恋人の写真。

妊娠を知ったとき、なぜ連絡してくれなかったのだろう？　ぼくの重荷になりたくなかったから？

こんな体になっても、ぼくに捨てられた恐怖を引きずっていたのか？　マリッサと結婚はできなかった。結婚するつもりがなかった。たとえ結婚相手を制限する国の掟《おきて》が存在しなくても。二人がベッドの上でどれだけ相性がよかったとしても。

　普段のマリッサは、恐ろしく感情的で気分の浮き沈みが激しい女性だった。彼女に未来を与えられなかったガブリエルにも、責任はあった。最終的にマリッサが彼の元から去ったとき、ある意味でガブリエルはほっとしていた。

　彼はシェルダーナの都合を優先させたのだ。オリヴィアにも同じことをしてしまった。ただし今回の場合、この判断で正しかったのだとはどうしても思えなかった。母は次の花嫁候補を探すよう望んでいるが、オリヴィアと話をして彼女の本音を聞き出さない限り、ガブリエルは決心できなかった。

　オリヴィアは宮殿の階段に挑み、ゆっくりと上っていた。だが一階分あがったところで、苦しそうに息を切らせた。メイドたちがすぐ横を小走りで通りすぎていったが、必要以上に彼女に注意を払うことはなかった。

　ビスクドールの箱を持つ手を少し緩めて、オリヴィアは頑張って上りつづけた。とても美しい人形だったが、小さな子へのプレゼントに、こんなにも壊れやすいものを選ぶのは無茶だったかもしれない。しかしオリヴィアは、何か特別なものを双子とわかち合いたかったのだ。彼女自身の母親が、娘のために買った人形によく似ていた。その人形を母の手から直接もらうことはできなかったが。

　双子にわたしのことを覚えていてほしい。心の中では自分のわがままだとオリヴィアは気づいていた。実の母親を失い、今度は母のように慕うオリヴィアを失おうとしている双子たち。いたいけな幼子には大きすぎる変化だ。けれど、少なくともまだ父親がいる。ガブリエルはあの子たちを愛している。そう思ってオリヴィアは心をなぐさめた。

あと二日で、ベサニーとカリーナは二歳になる。オリヴィアが何週間もかけて企画したパーティーが開かれるので、宮殿中がその準備に追われていた。オリヴィアも参加したかったが、とても無理だろう。双子たちは来てほしがるだろうとわかっていたが、歓迎してくれるのは、ロイヤルファミリーの中でもあの子たちだけに決まっている。

誰が責められるだろう？　ガブリエルとの婚約が破棄されて、マスコミは次の花嫁候補は誰かと騒いでいた。ネット上には最有力候補者二人の名前まであがっている。オリヴィアはシェルダーナから姿を消したほうがいいのだ。だが、双子たちにさよならを言うまでは、ここを離れるわけにはいかなかった。

初めてこの階段をあがったとき、オリヴィアの目にどれほど輝かしい未来が見えていたことだろう。ゆっくりと階上へ上りながら、オリヴィアはそんなことに思いを馳《は》せ、手の届かない存在となった美貌のプリンスを想《おも》った。

宮殿を訪れることにはリスクが伴う。ガブリエルにばったり会ってしまい、後悔することになるかもしれない。同時にオリヴィアは、自分でもばかげていると考えてしまうほど、偶然の出会いを期待してわくわくしていた。結婚はできないのだとわかっていても、あともう一度だけガブリエルに会いたいという思いは消せなかった。

理屈に合わない話だが、手術のあと、会いに来てほしくないという望みが聞き入れられてほっとした反面、彼女の心は傷ついていた。みずからガブリエルとの関係を断っておきながら、彼がオリヴィアの言葉を真に受けたことに、理不尽な腹立たしさを感じてしまっていた。

　オリヴィアは最上段でひと息つき、子ども部屋に続く廊下に出る前に、手すりにもたれて息を整えた。もうすぐ双子が昼食を終える頃だろう。だからこそ、このタイミングを選んで会いに来たのだ。滞在できる時間は限られている。

　子ども部屋まで来たとき、オリヴィアの足がドア口で止まった。双子の姿はなく、その代わりにガブリエルが部屋にいた。彼はベサニーのベッドに座り、手には銀色のフォトフレームを握っている。写真に写った女性の顔を、ガブリエルは指で優しくなぞっていた。マリッサの写真だ。

　ガブリエルの表情はとても悲しそうで、見たことがないほど口の両端がさがっていた。オリヴィアの心が痛んだ。目に浮かんだ涙はガブリエルのためではなく、自分自身への涙だった。マリッサとの関係は終わったと言っていたが、ガブリエルは三年経《た》った今でも、実現できなかったことを思って心を痛めているのだ。失ったすべてを思って無防備に弱さをさらけ出して涙ぐんでいたわたしも、こんなふうに見えたのかしら？　心が粉々になったときに、人はこんなにも悲しい表情をするものなの？

「オリヴィアおねえちゃん！」

　彼女の背後からしたはしゃぎ声に、ガブリエルがぱっと顔をあげて、体あたりするような視線をオリヴィアにぶつけてきた。双子たちに腰をしっかりと抱きしめられ、ガブリエルからは感情をあらわにしたまなざしを浴びせられ、オリヴィアはよろめいた。

　双子たちはオリヴィアに反応する隙を与えず、口々にかまってくれとねだった。オリヴィアは嬉《うれ》しかった。とはいえ、ぐいぐいと体を押しつけてくる双子を相手にまっすぐ立っているのは、壊れ物の大きな包みを持つ彼女にとって至難のわざだ。

　進み出たガブリエルが彼女の荷物を持って言った。

「オリヴィアお姉ちゃんは病気が治ったばかりで、

まだふらふらしているんだよ。優しくね」

「おねえちゃん、ふらふらしてなんかいないもん」

ベサニーが不満げに口をとがらせると、カリーナも元気いっぱいにうなずいた。

「だいぶよくなったのよ。でもちょっとまだ痛むの。お膝をすりむいちゃったとき、しばらくは痛いままでしょう。あんな感じね」

カリーナがしゃがんで、オリヴィアの傷一つない膝にちょんと触った。「いたいの？」

オリヴィアは微笑んだ。「違う違う。お膝は大丈夫。痛いのはここよ」彼女はお腹を指さした。

「みてもいい？」ベサニーが尋ねた。

「それより、プレゼントを開けてみるのはどう？」ガブリエルが双子たちのベッドにおいた箱を、オリヴィアは身振りで示した。

「おたんじょうびのプレゼントだね！」

もうあと数日でイギリスに帰らなくてはならない。二度とこの子たちに会えないのだ。悲しみをこらえ、彼女は微笑んだ。「すごいプレゼントなのよ。気に入ってくれたらいいんだけれど」

二人がラッピングペーパーをはがしているあいだ、オリヴィアは双子たちを見つめていたが、心は彼女のすぐそばに立つ背の高い男性に向けられていた。ガブリエルのたくましい体に寄り添うのを我慢するのも、思い出を心に封じこめようとするのも、彼女には拷問に近い苦しみだった。下腹部のずきずきとした痛みが、オリヴィアを現実につなぎ止めていた。

「なんてかわいらしいプレゼントだ」ガブリエルは人形に歓声をあげる双子を見ながら言った。

「これを見るたび、わたしを思い出してくれたら」オリヴィアは込みあげる感情に声を詰まらせた。「この子たちとの別れが、こんなにつらいものになるとは思ってもいなかったわ」

「もう少しこの国に滞在してくれてもいいんだよ」

ガブリエルがオリヴィアの肩にかかった金髪を手で払ったとき、彼の手がオリヴィアの肌をかすめた。オリヴィアはびくっとした。心の奥底で、欲望が火花を散らしたのだ。こんな状況で？ ありえない。ガブリエルに気づかれなかっただろうか。

「オリヴィア、話したいことがある」気がつくと、ガブリエルは彼女の手を握っていた。

オリヴィアの鼓動が早まった。「話すべきことは、すべて話したはずよ」

「きみはそうかもしれない。だが、ぼくは違う」

オリヴィアはカリーナとベサニーに視線を向けた。この子たちはさんざんつらい思いをしてきているのだ。二人が言い争うところを見せるわけにはいかない。オリヴィアは双子のほうに背を向け、目の前にいるガブリエルだけに聞こえるよう声を落とした。

「あなたが言わなくてはならないことの中に、わたしが聞きたい話は何もないわ。わたしに必要なのは、この国を離れ、あなたを忘れることよ」

「きみにそれができるのか？」ガブリエルが低い声で尋ねた。あいている手で彼がオリヴィアの頬をそっと包むと、オリヴィアの目に涙が浮かんだ。「ぼくのことを忘れられるのか？ 二人のあいだにあったことを忘れられるというのか？」

「ほかにどうしてほしいの？ わたしはすべてを失ってしまった。子どもを産める体を失い、母親になることもできなくなった。今のわたしは、ただの抜け殻だわ」

ガブリエルという中身を失った、ただの抜け殻。

「故郷に帰りたいの。忘れてしまいたいのよ」

あなたの笑顔がわたしをどう変えたのか。

あなたの腕の中で眠るのがどんな心地だったか。

あなたをどれほど愛していたか。

「できるのか？」ガブリエルはオリヴィアのうなじに手をあてて、そっと彼女を抱き寄せた。「ぼくを忘れることが」

オリヴィアの心臓の鼓動が激しくなった。ガブリエルの目に浮かぶ炎が、まるで暗闇の中で光る灯《ともし》火《び》のように彼女を引き寄せる。オリヴィアは無理に視線を引き離した。女性として最も大切な部分を失ってしまったのに、どうしてこんなに激しくガブリエルを求めてしまうのだろう？

ガブリエルはいっそう声を低くして、つぶやいた。

「ぼくには、きみを忘れるなんてとてもできそうにないのに」

反則よ。そんなことを言うなんて。

ガブリエルの体に触れる胸元から腰にかけてが、やけどしそうなほど熱かった。下腹部の手術の跡が焼けるように痛い。永遠に消えない傷跡がその身に刻まれている事実を、彼女はあらためて感じていた。

「忘れられなくても」心の震えに気づかれないようオリヴィアは声を和らげた。「あなたは、あなたの道を進んで。幸せな人生を送ってちょうだい」

ガブリエルが答える前に、ベサニーとカリーナが小さな腕で二人を両側から抱きしめた。逃げ場を失ったオリヴィアに、征服者の微笑みを浮かべたガブリエルが唇を寄せた。

オリヴィアは蜜のような彼のキスに身をゆだねた。甘やかな日差しが、彼女の全身を洗い清めていく。ここがわたしのいるべきところなのね。ガブリエル。ベサニーとカリーナ。この人たちこそ、わたしが求めてやまない家族なのだわ。

ガブリエルのキスと双子たちのハグ。それだけがオリヴィアの世界。心の声がほとばしり、これこそが彼女の未来なのだと語りかける。

ガブリエルを愛することが、こんなに簡単だったなんて。誰が何を言おうと、どんな困難があろうと関係ない。本当の気持ちを彼に打ち明けたければ、好きなだけ言えた。

あなたを愛しているわ、ガブリエル。

だが、オリヴィアの口からその言葉が伝えられることはなかった。彼の唇が離れ、今度は双子たちがオリヴィアにかまってもらいたくて騒いだからだ。キスの余韻で、オリヴィアの唇はうずいていた。

「おままごと、する！」ベサニーが大声をあげた。

オリヴィアは首を振った。「お昼寝の時間よ」

「そうだよ、オリヴィアお姉ちゃんの言うとおりだ。ベッドに入ったら、メイドのハッティーに絵本を読んでもらおうね」

膝をつき、後ろ髪を引かれる思いで子どもたちを一人ずつ抱きしめてキスした。オリヴィアは勇敢に耐え、最後のお別れをしてその場を離れた。彼女は悲しみで口を閉ざしていた。

オリヴィアのつらい気持ちはガブリエルにも伝わったらしく、一階におりていくあいだ、二人は無言だった。玄関ホールで彼が尋ねた。「出発はいつ？」

「今週末、ドクター・ワーナーにもう一度会うことになっているの。それがすめば出発できるわ」

「ベサニーとカリーナの誕生日パーティーにはぜひ来てもらわないと。すべてきみが計画したんだから、来るのは当然の権利だろう」

誘惑にオリヴィアの心は揺れた。そうねと答え、別れの日を先延ばしするのは至って簡単だ。だが、それで何かいいことがあるのだろうか？　眠れぬ夜を生み出す夢を、また一つ抱えるだけの話だった。

「さっき言ったさよならで、終わりにしておくわ」

「だめだ」去ろうとしたオリヴィアの手をガブリエルが握り、彼女を引き止めた。憂いに満ちた金色の瞳がオリヴィアを見つめる。「きみが来なければ、ベサニーもカリーナもがっかりするだろう」

時を巻き戻せたらどんなにいいかしら。早く妊娠したいと焦るあまり、ピルの服用をやめてさえいなければ、わたしは来週、ガブリエルと結婚していたはずなのよ。でもその代わり、世継ぎを産むという大きな責任を、また担うことになっていたかも……。

「だいいち、ぼくはまだきみにさよならを言う心の準備ができていない」ガブリエルの言葉で、オリヴィアは現実に引き戻された。

　オリヴィアはガブリエルの手をそっとほどいた。

「いいえ、覚悟はできているはずよ。わたしが子どもを産めないというスキャンダルが世間を賑《にぎ》わせたあのとき、あなたとの結婚の可能性は消えたのよ」そして愛《いと》おしむように彼の腕に手をおくと、言った。「わたしたちのような立場の人間は、思いどおりに生きる道を選べないのだわ」

「そのとおりだ」ガブリエルはつぶやいて、彼女の顎に触れ、彼のほうにオリヴィアの顔を向けさせた。「きみが生きる道はここにある。きみはぼくのものなんだ」

　オリヴィアははっとして、一歩後ろにさがった。

「いいえ」しかし、心は別の叫びをあげている。

〝わたしはガブリエルのものよ。心も体も。ほかの誰のものでもなく〟

「どんな望みも捨てたければ捨てるがいい。だが、ぼくはきみにとって初めての男性だ。きみが初めて愛した男だ。ぼくたちのあいだには、どれだけ離れていても決して切れない絆《きずな》がある」

　初めてすべてを捧《ささ》げた男性。初めて愛した人。オリヴィアの胸は激しく高鳴った。

「なぜそんなことを言うの？　わたしが喜んでここを出ていくとでも思っているの？」オリヴィアの目の端に正面玄関が映った。もうすぐだわ。あの扉をくぐれば、それですべてが終わる。でもその前に、ひと言だけ伝えておきたかった。「あなたとここで暮らすつもりでいたわ。結婚できないとわかって、わたしがどんなに傷ついているか、言葉ではとても言いつくせないのよ。なのに、ここに残れだなんて

「――」

「身勝手だね」ガブリエルは懇願するかのように、オリヴィアの手のひらに唇をあてた。「きみの言うとおりだ。ぼくはそういう男なんだよ」

ガブリエルが彼女の手を放し、オリヴィアは受けたキスを握りしめるようにして手のひらを閉じた。あっけなく彼が認めてしまい、オリヴィアの心の嵐も静まりはじめていた。こんな事態になったのも、元はといえば彼女に原因があった。プロポーズを受ける前に病気のことを伝えていれば、ガブリエルは結婚を申し出たりしなかっただろう。オリヴィアが彼と恋に落ちることもなかったのだ。

「身勝手なはずだわ」落ち着かない表情をしていたオリヴィアの唇の両端がかすかにあがり、穏やかな微笑みが顔に宿った。「だって、あなたはこの国のプリンスなのだから」

「それでも、考え直してくれないのかい？」

「ベサニーとカリーナの誕生日パーティーには出席します」そんなことを言うつもりはなかったのに。心が勝手に言わせたとしか思えない。取り消すわけにはいかなかった。オリヴィアは黙ってガブリエルのエスコートを受けて迎えの車に向かい、彼の手を借りて後部座席に座った。

正面玄関を出た車は宮殿の敷地を走り抜けていく。来るべきではなかった。この数週間の出来事から、オリヴィアは何一つ学んでいなかったのだ。彼女の心はいまだガブリエルの支配下にあり、彼の存在はオリヴィアにとって脅威でしかない。もしかすると、ガブリエルが信じられないほど愚かな行動に出るのではないかと、オリヴィアはうすうす感じていた。独りになった彼女がこんなにせつない思いを抱えているのはそのせいだった。幸か不幸か、ガブリエルはそれを知るよしもないのだ。

12

　双子たちの誕生日パーティーまでの二日間を使い、ガブリエルは今後二週間の公式行事や会議についてクリスティアンがどんな事態にも対応可能なよう、根気よく説明した。ガブリエルは、当分表舞台から姿を消すつもりだった。オリヴィアが頑として彼を拒絶したので、ガブリエルは苦境に立たされていた。国には世継ぎが必要だ。彼にはオリヴィアが必要だ。彼はジレンマに追いこまれていた。

　ベサニーとカリーナが二歳の誕生日を迎えた朝、ガブリエルは最後の書類にサインをして、娘たちと朝食をとった。いつものように元気いっぱいの双子が興奮しておしゃべりするのを、ガブリエルは笑顔で聞いていた。

　カリーナがよくしゃべるようになってきたのが、彼には嬉《うれ》しかった。姉のベサニーほどではないが、カリーナも利発さと茶目っ気を見せはじめていた。オリヴィアに感謝しなくてはならなかった。カリーナの成長は彼女の根気と愛情の賜物《たまもの》だったからだ。オリヴィアがいなくなってしまえば、この子たちは見捨てられたと思うかもしれない。ガブリエルは不安だった。

　パーティーは午後三時に始まった。宮殿の東側にある広い芝生のグラウンドに大きなテントが張られ、楽隊が子ども向けの陽気な曲を演奏する。たくさんの子どもたちがステージ脇で音楽に合わせ、飛び跳ねたりくるくる回ったりしている。子どもたちの向こうにはリネンのテーブルクロスをかけた机が並び、さらにお城の形の巨大なバルーン遊具があった。中に入った子どもがトランポリンのようにはずんで遊ぶので、お城はゆらゆらと揺れている。芝生の反対側では子どもたちの親がご馳走《ちそう》の数々を前にしてビュッフェスタイルの会食を満喫していた。

社交界のセレブや実業界の名だたる面々がこぞってパーティーに集まっていた。ガブリエルは主役の双子たちにつき添い、二人がケーキをほおばったりほかの子どもたちと遊ぶのを見守りつつ、たえずオリヴィアを捜していた。ようやく彼女が姿を現したときには、時計は五時を指していた。オリヴィアは人混みを縫うようにして近づいてくる。親しい人を見かけると笑顔でしとやかに挨拶するが、それ以外の客とは目を合わせないようにしていた。

ガブリエルは、そばを通りすぎたウエイターのトレイからワイングラスを二つすばやく取った。シェルダーナでも指折りの高級ワイナリーから取り寄せた、シャルドネ種の白ワインだ。そういえばオリヴィアはワイナリーを訪ねてみたいと言っていた。果たせなかった約束がまた一つ、ガブリエルの心のメモに加わった。

オリヴィアが彼に気づき、逃げ出したいと言わんばかりの表情を浮かべた。

「来てくれて嬉しいよ」ガブリエルは声の届く距離まで近寄った。「もう来ないのかと心配していた」

ガブリエルが差し出したワイングラスを手にして、オリヴィアは悔やむような顔をした。「どうするか迷ったわ。でも、来ると約束したから」

「あの子たちもさぞ喜ぶだろう」

オリヴィアの視線は、双子が同じ年頃のほかの子たちと走りまわっているほうに向けられていた。

「楽しんでいるみたいね」

「何もかもきみのおかげだ。すばらしいパーティーになった」

「ほとんどリビーが手配してくれたのよ」

「だが構想を立てて、彼女に指示したのはきみだ。

パーティーのこつを心得ているんだね」

「ロンドンではいくつかの慈善団体に入っていたし、大きなイベントの運営経験も何度かあるわ。中には子ども向けのパーティーもあったのよ」

ガブリエルは、オリヴィアの顔を子細に眺めた。目の下に隈《くま》ができ、今にも倒れてしまいそうに見える。「痛むのかい？」

「疲れているだけ」弱々しい微笑《ほほえ》みには、かつての生気あふれる彼女の面影はなかった。「思ったより体力が回復しなくて。よく眠れないし」

ガブリエルは心を乱した。二週間前の生き生きとしたオリヴィアを取り戻せたら。自分の無力さを、こんなにも感じたことはなかった。

子どもたちに囲まれたベサニーとカリーナの元へ彼女を連れていく前に、双子がオリヴィアを見つけ、駆け寄ってきた。小さな腕で抱きしめられたオリヴィアは幸せそうな微笑みを浮かべた。

すてきなものに囲まれ、注目を浴びて興奮している双子は、ほかの子のところへ我先にと走っていった。ガブリエルの隣にいたオリヴィアが、一歩前に出た。「ありがとう。ほかにもお相手しなければならないお客さまがいらっしゃるんでしょう。わたしもそろそろおいとましないと」

ガブリエルはオリヴィアの手首をつかんだ。

「お願い。もうやめて」かすれた声でオリヴィアが嘆願した。「これだけでもずいぶんつらいのよ」

「そうなったのは、ぼくに責任がある」娘の誕生日パーティーでする話ではなかったが、もう一度彼女と話したかった。「せめて外まで送らせてほしい」

ガブリエルの気迫に負けたのだろう。オリヴィアは小さくうなずいた。

そのまま宮殿の外側を回らず、ガブリエルはオリヴィアを連れて建物の中に入り、人気のないサロンに向かった。

部屋の中央でガブリエルが足を止め、オリヴィアの顔を彼のほうに向けさせた。オリヴィアはため息をつき、諦めたようにガブリエルと視線を合わせた。

「すまない。ぼくがもっとそつなく対応していれば、こんな事態にならずにすんだはずだ」

「未来の大公として当然の判断だったのよ。あなたには跡取りが必要なのに、わたしでは役に立てないのだから」

「だとしても、ぼくがきみを選んだことに変わりはない。ぼくはまだ、諦めたわけではない」

「どうかしているわよ！」オリヴィアは叫んだ。「ほかの女性と結婚して。あなたに子どもを産んであげられる女性と」

「それは国家が求めることだ。だが、ぼくは一人の男でもある。他人の都合に振りまわされて、自分のことを二の次にさせられるのはもうたくさんだ」

「あなたには、選ぶことなんてできないのよ」オリヴィアはそうつぶやき、すばやく目をしばたたいた。「いずれ君主となる人ですもの。正しい道を進んでいかないと。わたしもね」病みあがりとは思えない力で、オリヴィアは手を振りほどき、逃げ出した。

「オリヴィア！」ガブリエルはあとを追おうとした。しかし、今は彼が何を言っても、オリヴィアの心を変えられないのだと悟った。

　悔しそうに唇を震わせ、ガブリエルは携帯電話を取り出して電話をかけ、相手が出ると話しはじめた。

「彼女はどうしても聞き入れようとしない」

「お気の毒です、殿下。ご依頼の件は、すべて手配ずみです。あとは殿下のお越しを待つのみとなっております。でも、本当に明後日《あさって》お発《た》ちになるつもりでしょうか？」

「そうだ」

　今は国を離れるべきでないのかもしれない。だがオリヴィアとの関係はもつれにもつれ、ガブリエルは必要以上の時間をかけてしまっていた。

両親が庭園にいるのが目に入った。腕を組んで、そこここで立ち止まっては招待客と挨拶を交わし、穏やかな午後を楽しんでいる。

「オリヴィアが来てくれたそうね。よかったこと」母親である大公妃がガブリエルに言った。

「ベサニーとカリーナにお祝いを言いたかったそうです」

「ずいぶん長くつき添っていたわね」

「婚約を解消してから、公の場に彼女が出たのは初めてでした。ついていてあげたほうがいいだろうと思ったんですよ、母上」

「もちろんですとも。あのような悲劇に見舞われたのですもの。見捨てておくわけにはいきませんよ。でも、余計な期待を持たせないようにしないとね」

ガブリエルは苦笑した。「ぼくには跡継ぎを産む女性が必要なのだと、オリヴィアはちゃんと心得ています。失礼ながら、母上は彼女の人柄を誤解なさっているようですね」

母はガブリエルをきつく見据えた。

ガブリエルは双子に視線を移した。十歳くらいの少女たちに追いかけられ庭園を走っている。子どもたちの笑いさざめく声に、彼の心も軽くなった。

「お伝えしておきたいことがあります」あらためて両親のほうを向き、ガブリエルが言った。「明後日から一週間ほど、ぼくはこの国を離れます」

「こんなときにか？」大公が言った。思ったとおりの反応だった。

「いい時期とは言えないでしょうね。でも、ぼくは今後のことを考えないといけませんし、この国は、いぜんとしてプリンセスを必要としていますから」

大公は眉をひそめた。「スペイン大使との公式晩《ばん》餐《さん》会はどうする気だ？」

「ぼくが留守のあいだは、クリスティアンが代行を務めます。プリンスはぼく一人きりじゃありません。そろそろ弟たちにも自覚してもらわないと」

　双子の誕生日パーティーから二日が経《た》ち、オリヴィアは独りで病院を訪れていた。

「経過は良好です。ご旅行にはなんの差しつかえもありません」執刀医だったドクター・ワーナーが、オリヴィアに伝えた。

「明日の朝、出発しようと思っています。お世話になりました、ドクター」

「どういたしまして。ご帰国されたら一週間以内に、かかりつけの婦人科医の診察を受けることをお忘れなく。術後の気になる症状についてアドバイスをしてくれるでしょうし、おそらく不妊治療の専門家の紹介も受けられますからね」

「不妊治療の専門家？　どういうことでしょうか。わたしはもう子どもを持てない身ですのに」

「確かに妊娠と出産はできませんが、あなたの卵巣はまだ正常に機能しています。卵子を採取して凍結保存し、将来子どもがほしくなったときのために備えておくことは可能です」

「わたしが母親に？」オリヴィアは息をのんだ。

「代理出産をしてくれる女性が必要ですよ。むろん父親となる男性もね。あくまで可能性の話ですが」

「わたし、てっきり……」

「子どもは無理だと思われていましたか？　医学の世界は日進月歩。奇跡なぞ日常茶飯事ですよ」

　頭がぼうっとしていた。ガブリエルに電話をしてこの知らせを伝えないと。でも、どう言えばいい？

〝ガブリエル、すごいニュースがあるの。わたし、母親になれるかもしれないわ。まだそうと決まったわけではないし、代理出産をしてくれる女性が必要だけど、でも間違いなくわたしの血を分けた子どもを授かることができるのよ〟

シェルダーナのように伝統を重んじる国が、体外受精で生まれ、妊娠も出産もしていない女性に育てられた子を、跡継ぎとして認めてくれるかしら？　ガブリエルは受け入れてくれるのかしら？

オリヴィアはホテルの部屋に戻ると、携帯電話を手に取り、勇気を振りしぼってガブリエルにかけた。もう夕日が傾きかけていた。鳴りつづけるコール音を数えるうちに、オリヴィアの気持ちはしぼんでいった。電話がつながって、ガブリエルの低い声が聞こえた。〝ただいま電話に出られません。メッセージをお願いします……〟オリヴィアは息を殺して五秒待ち、電話を切った。大切なニュースなのだ。ガブリエルに直接伝えたかった。

　次に彼女が電話をしたのは、ガブリエルの秘書のスチュアートだった。

「ガブリエルになんとか連絡を取りたいのですけど、宮殿にはいらっしゃるの？」

「殿下は二時間前にお出かけになりました」

「行き先をご存じかしら？」長い沈黙が続いた。

「どうしても彼に会って話をしたいのよ」

「レディ・ダーシー、申し訳ありませんが、殿下は今、国内にいらっしゃいません」

「どちらへ？」

「存じあげません。アレッサンドロ家の未来がかかった件だ、としかおっしゃいませんでした」

　双子たちのパーティーにイタリアから来た伯爵とその美しい令嬢が来ていて、ガブリエルと親しげに話していたのをオリヴィアは思い出した。行き先はイタリアなのね。あの伯爵令嬢がわたしの代わりを務めるということだわ。

「なんとかして彼に会えないかしら？」

「私《わたくし》からも何度かお電話してみたのですが、ご連絡がございません」不機嫌そうな返事だった。

「どれくらいのあいだ、留守にされるの？」

「一週間から十日です。殿下はお発ちになる前に、あなたが帰国される際には当家のプライベート・ジェットをお使いいただくようにとのご指示を残されました。明日のご出立にも対応できます」

「助かりますわ。わたしの秘書は、ひと足先に帰国しましたので」二人の関係はこれまでだと、ついに彼も認める気になったのだ。それでもオリヴィアは諦めきれなかった。「万が一ガブリエルから連絡があったら、じかに彼と会って話ができるまでわたしが帰国を延ばすつもりだと伝えてくださる？」

スチュアートと話し終わってから、オリヴィアはイギリスにいる父に電話をした。あと一週間シェルダーナに滞在すると伝えたが、本当の理由はふせておいた。すぐに帰るようにとは言われなかったので、オリヴィアはほっとした。

早めの夕食を終え、落ち着かない気持ちでホテルの庭を歩いていたとき、携帯電話が鳴った。スチュアートからだ。希望に胸が高鳴った。

「つい先ほど、殿下からご連絡がありました。すぐにはシェルダーナに戻れないとのことです。でも、あなたさまが殿下の帰国まで滞在を延ばされるとの伝言をお伝えしたところ、明日、殿下の滞在先まで直接お越しいただけないかとおっしゃいました」

「もちろん、うかがいます」彼に会おう。それからイギリスへ帰ればいい。

「飛行機は明日の朝十時に出発の予定です。ホテルまで車がお迎えにあがりますので」

「ありがとう」オリヴィアは電話を切った。

滑走路を飛び立とうとする飛行機の窓から見える景色が、オリヴィアにはぼんやりと霞《かす》んで見えた。どうなるのだろうと不安で、昨夜はほとんど眠れなかった。オリヴィアは目を閉じ、ついうとうとして、機体が高度をさげはじめた頃にやっと目が覚めた。

腕時計を見ると、二時間近く経っていた。

オリヴィアは体を伸ばし、窓の外を見た。緑に覆われたイタリアの風景が見えるのだろうと思ったが、目に映ったのはきらきらと光る青い海だった。飛行機は滑るように着陸して、プライベート・ジェットの専用格納庫に向かった。

「ここはどこなの？」オリヴィアは見知らぬ土地へ降り立とうとしている彼女のために飛行機のタラップをおろしていた副操縦士に尋ねた。

「ケファロニアです」そう答えて彼はオリヴィアの旅行バッグを持ってタラップをおり、待っていた車の運転手に手渡した。「ギリシアの島ですよ」

「ありがとう」オリヴィアはつぶやいて、車に乗りこんだ。とはいうものの、何がどうなっているのかさっぱりわかっていなかった。誘拐されてしまったのかしら。それにしてはあまりにも変よね。

「これからどこへ行くの？」海沿いの山肌を削ってできた道を車は進んでいく。窓の外には、息をのむほど美しい海が広がっていた。

「フィスカルドです」

そう言われたところで、オリヴィアにはわけがわからない。確かなのは、イタリアにいるわけでも、ガブリエルの元に来たわけでもないということだけだった。

スチュアートは何を仕組んだのかしら？　主人が務めを果たし、新しい候補者と話をまとめるまで、わたしを遠ざけておくつもりなの？

そうだとすれば、あの秘書もなかなかの役者だわ。でも、これがすべてガブリエルの指図だとしたら。

そう思うとオリヴィアは胸がつぶれそうになった。携帯電話を取り出し、まずガブリエルに、つながらなかったので次にスチュアートに電話したが、徒労に終わった。

手も足も出ない状況だったので、オリヴィアは車の窓から外を見た。車は海辺の町中に入っていた。ギリシアの島を訪れたのは生まれて初めてだった。少なくともガブリエルの秘書は、彼女を足止めするにあたって風光明媚《めいび》な土地を選んでくれたらしい。オリヴィアを乗せた車は市街地を進んでいく。バルコニーを花々が飾る漆喰《しっくい》塗りの建物がオリヴィアの目に飛びこんできた。ひょっとして、海に臨むあのかわいらしいホテルの一つに彼女を連れていくのだろうかと思った。だが、車はそこを通りすぎ、港のすぐそばで止まった。

待っていたのは浅黒い肌をしたギリシア人男性だった。なかなかの男前で、年は五十代半ばくらいだろうか。愛嬌《あいきょう》のある笑みを浮かべ、まぶしいほど白い歯をのぞかせている。男性はタソスと名乗った。

オリヴィアは彼の手を借りて十メートルくらいの大きさのクルーザーに乗りこんだ。

「これからどこへ行くの？」差し出されたワインのグラスを手にオリヴィアは尋ねた。ギリシア料理のオードブルを並べたトレイまで用意されている。

「キオニです」タソスが答えた。

ため息が彼女の口から出た。また知らない名前だ。パンを口にほおばり、ドルマやチーズやオリーブといったギリシア料理の数々を味わっているうちに、船は出航しスピードをあげて沖に向かった。岸辺から見た海もきれいだったが、こうして沖へ出ると海の青さは輝くばかりの鮮やかさで、比較のしようがないほど美しい。行く手にもう一つ島が見える。オリーブと糸杉の緑に覆われた、小さな島だ。山の中腹にちらほらと人家があるのがかすかに見えた。

二杯目のワイングラスが空になり、小腹も満たされ、オリヴィアはしだいに近づく島の海岸線を船上からじっと見つめていた。ちょうど一時間半かけて、船は島の港に到着した。馬蹄《ばてい》形をした港の入り口の片側にはギリシア式風車が三つ並んでいる。

「着きました」タソスはまた、にこっと笑った。

オリヴィアの口からため息がもれた。今度は誰が待っているのだろう？　またタクシーに乗って移動なの？　もうたくさんよとわたしが叫ぶまで延々と続けるつもりなのね。船が接岸するあいだに、彼女は町の様子をざっと眺めた。出航したフィスカルドの町より小さく、賑《にぎ》わいもさほど感じられない。それでいてとても魅力的な町だ。港の近くに数件の民家が軒を連ねていたが、ほとんどの家はこの美しい港を見おろす形で、山の中腹にしがみつくように建っていた。

そこここに目の覚めるようなピンクとマゼンタのブーゲンビリアが咲き乱れ、建物の白壁を鮮やかに彩っている。船のエンジンを切ると静けさがあたりを包み、軽やかな風にのって、チリンチリン、カランカランとのどかな音が聞こえてきた。

カウベルの音だわ。でもこんな急な傾斜地ばかりの島が、牛の放牧に向いているのかしら。むしろ、山羊《やぎ》につける鈴の音に似ているかも。

オリヴィアはタソスと港にいたもう一人の男性の手を借りて、クルーザーを降りた。彼女の荷物を持った男性のあとをついていくと、やがて背の高い、懐かしい背格好の人物が、通りの向こうから姿を現した。

ガブリエル！

ネイビーブルーのジャケットに淡いブルーのシャツを合わせ、白いズボンをはいたガブリエルがいた。ラフな着こなしの中にもエレガントさを感じさせ、風に髪をなびかせる彼を見て、オリヴィアの心臓が跳ねあがった。ガブリエルは近づきながらサングラスを頭の上にあげて彼女に優しく微笑んだ。

ガブリエルはイタリアに行ったわけではなかった。彼はここにいた。そしてオリヴィアに会えてとても嬉しそうだ。彼の顔にそう書いてあった。

13

ドラゴンから姫を救いに来た白騎士を見るようなオリヴィアの表情が、ガブリエルを前にした彼女の胸の内を余すところなく語っていた。ただしこの騎士は黒い軍馬に乗って現れたわけではなく、一頭のロバを引いて出てきたのだが、オリヴィアはそんなことにはまったく無頓着だった。

「こんなところで何をしているの？　あなたはイタリアにいるはずじゃなかった？」

ガブリエルは首を振った。「イタリアだって？　誰からそんなことを聞いたんだい？」

「スチュアートは、あなたが〝アレッサンドロ家の未来がかかった件で〟出かけたと言っていたわよ。わたし、あなたがイタリア貴族の令嬢にプロポーズするつもりだとばかり……」目の隅が潤むのを感じ、オリヴィアは目尻を押さえた。

「ぼくはまっすぐここに来ていたよ」

「スチュアートは、あなたがこの島にいると知っているの？」

「いいや。知ったらぼくのしようとしていることを容認しないだろうからね」

「そこよ、わたしが理解できないのは。あなたがここで何をしているのか。なぜ、わざわざ飛行機でわたしをギリシアに連れてきて、車で島を縦断させ、今度は船でこの小さな島まで来させたのか」

「準備する時間を少々稼ぎたくてね」ガブリエルはにやっと笑った。「それにきみを疲れさせておけば、つべこべ言わず素直に言うことを聞くだろうから」

「つべこべ言わずですって？」そう尋ねながらも、オリヴィアの視線は彼のそばにちょこんと控え、のほほんとして二つの耳をぴょこぴょこさせているロバに釘《くぎ》付《づ》けになっていた。「おまけにこのロバは、いったいなんなの？」

　ガブリエルはロバの首を優しく叩《たた》いた。「ギリシアの習わしなのさ。花嫁は、ロバに乗って結婚式に向かうんだ」

「花嫁ですって？　何を言って……」オリヴィアの声がしだいに小さくなった。ロバの背に花で飾った鞍《くら》がつけられていると気づいたからだ。「真面目に言っているんじゃないでしょうね、ガブリエル？」あきれ返った声で尋ねながらも、彼女のブルーの瞳は希望で輝いていた。

「大真面目もいいところだ。教会に神父さまを待たせてある。きみはこのロバに飛び乗るだけでいい」

オリヴィアがまだ完全に乗り気ではないと見た彼は、彼女の腰に腕を回しそっと抱き寄せた。「結婚してほしい」そして手の甲でオリヴィアの頬をなぞると言った。「ぼくはきみなしでは生きていられない」

　オリヴィアの目に涙があふれ出した。「わたしを愛しているの？」

「愛している。きみはぼくのすべてだ」彼は驚いたような顔をしてオリヴィアの瞳をのぞきこんだ。

「今頃わかったのかい？」

「ご両親の期待はどうなるの？　帰国したら、猛烈な反対にあうだろうと思わなかった？」

「それがどうしたんだ。誰が何を言おうと関係ない。大切なのは、ぼくらがどう思うかだけさ。ぼくには弟が二人もいる。どちらも独身だし、子どもだってつくれる。シェルダーナの次世代の父となるのが、このぼくでなければいけない理由はどこにもない。父が君主の座についたときには事情が違っていた。男の兄弟がいなかったからね。そろそろ弟たちにも、大公家の跡取りとして責任感を持ってもらっていいはずだ」

物見高い町の人々や旅行客たちが、飾り立てられたロバと美男美女の口喧《くちげん》嘩《か》を見に、狭い路地に集まってきた。午後も遅い時刻の太陽が町中を金色に染め、あたりの景色がにじんで見える。港を渡る風が優しくオリヴィアの肌を撫《な》でて、彼女の心を静めていった。

「弟さんたちにはいい迷惑だわ」

「かまうものか。今度はぼくが少々我を通させてもらう番だ。結婚しよう、オリヴィア。今すぐに。嫌だとは言わせないよ」

ガブリエルはオリヴィアと結婚するつもりなのだ。彼女が子どもを産めない体だと知っていても、なお。オリヴィアは喜びでぞくぞくした。もう一つの嬉《うれ》しい知らせを、これ以上秘密にしておけなかった。

「わたしもあなたに伝えることがあるのよ」

「ぼくを愛しています、って?」

「いいえ」

「〝いいえ〟だって?」

「そうじゃなくて、話したいことが別にあるのよ」

「でも、結婚式の日に花婿に言うなら、やっぱり〝愛しています〟がふさわしいと思わないかい?」

「わかったわ。愛しています」

「そんな言い方だと信じていいのかわからないよ」

オリヴィアは身を乗り出し、ガブリエルの髪に指を差し入れて引き寄せ、心を込めてキスをした。

「愛しているわ、ガブリエル」

「いいだろう」満足そうにガブリエルが言った。

「じゃあ、わたしの話を聞いてくれる?」

「もちろん」

「きのう、ドクターのところに行って――」彼女は深く息を吸った。「驚くようなことを聞いたの」

ガブリエルの目が真剣になり、彼は顔を曇らせてオリヴィアの指を強く握った。「何か問題でも?」

「違うの。それどころか、これですべてうまくいくかもしれないわ」

「どういうことだい？」

「ドクターは、不妊治療の専門家ならわたしの子宮から卵子を取り出すことが可能だと言っているの。わたしの代わりに妊娠と出産をしてくれる女性が必要だけど、わたしたちが子どもを授かる可能性はまだゼロではないのよ」

「最高の知らせじゃないか！」

ガブリエルはオリヴィアの腰を抱き寄せ、心からの愛を示す長いキスをした。

ガブリエルの瞳が輝いている。太陽の光を浴びてきらめく背後の海のように。抑えられない喜びが、オリヴィアの体中に広がっていった。

「行こう。ほら、ロバに乗って。教会に急ごう」

「本気でこれが習わしだと信じているの？」ロバを疑わしげに見ながら、オリヴィアは尋ねた。

「そうだよ！」

急な坂道を登っていく二人と一匹の御一行。それはシェルダーナで予定していた式典のパレードとは違っていた。六頭の白馬が引く金色の馬車も、大通りに集まり手を振る何千もの人々から祝福のバラの花びらをかけられることもなかった。でも、オリヴィアを乗せたロバを引くガブリエルが行く先々で、人々が笑顔を見せ、心のこもった歓声があがる。

教会に着くと、ガブリエルはオリヴィアに家政婦のエレナを紹介した。オリヴィアは彼女の手を借り、清楚《せいそ》な膝丈のウエディングドレスに着替えた。短い袖のついたデザインで、ウエストには大きなリボンが結ばれている。ノエルのカードが添えられていた。オリヴィアの退院直前に秘書のリビーが彼女の元を訪れて、ガブリエルが小さな島の教会で式をあげオリヴィアと結婚する計画を立てたから、それに合ったドレスがほしいと頼まれたとあった。

ガブリエルは婚約を解消する気はなかったのね。彼はずっとわたしを妻にと願っていたのだわ。

　喜びでいっぱいになり、オリヴィアはメモを胸に抱き鏡の中の自分を見た。シェルダーナでの結婚式で着るはずだった豪華なドレスに比べればずっとシンプルなデザインだったが、申し分のない完璧なドレスだった。美しいギリシアの教会の前で花嫁を待つガブリエルが、文句なしの理想的な花婿であるのと同じくらいに。

　ヴァイオリンの独奏が響く中を、オリヴィアはガブリエルのほうへ歩んでいった。ためらいも気兼ねもない金色の瞳が一心にオリヴィアを見つめている。きみはぼくのものだという万感の思いを込めた彼のまなざしを浴びて、オリヴィアは夢心地だった。

　そばに来た彼女の手をガブリエルが取ると、オリヴィアの全身が喜びで震えた。家政婦のエレナと、その夫だけが立会人だった。数えるほどの人しかいない静かな教会の中で、ガブリエルとオリヴィアは敬虔《けいけん》な心を込めて誓いの言葉を述べた。

　式が終わり、二人が教会を出ると人だかりがしていた。ガブリエルはこの海辺の町でも人気者らしい。結婚式のためにやってきたと知って、集まった島民たちは口々に祝福した。

　しばらくそこで人々と挨拶を交わしたのち、ガブリエルはそろそろ花嫁を連れて別荘《ヴィラ》に帰ると言った。町でお祝いをという親切な誘いに笑顔で応じながら、ガブリエルはオリヴィアの腰に腕を回して人混みをすり抜けていった。

「車を向こうに停《と》めてある」オリヴィアの手を握り、ガブリエルは先に立って歩いた。

「よかった。帰りもロバに乗っていくのかと心配だったの」

　ガブリエルは笑顔を見せた。「ロバで連れて帰るには遠すぎるし、早くきみを独り占めにしたくて、そんなにのんびり待っていられない」

助手席にオリヴィアを乗せ、ガブリエルは運転席に一旦おさまったが、すぐに横向きに座り直してじっとオリヴィアを見つめた。

ガブリエルの視線に何秒もさらされたオリヴィアはそわそわして言った。「どうしたの？」

「夫と妻になって、初めて二人きりになった喜びを噛《か》みしめているんだ。ここ数週間、ぼくたちはまったくと言っていいほど一緒にいられなかった。そしてこの島を出たら最後、公式行事だの会見だのに担ぎ出されるだろう。それまではどんなわずかな時間でも、ぼくの美しい妻に、どれほど愛しているかたっぷり態度で示したい」

ガブリエルの妻になれた。彼女の夢は叶《かな》ったのだ。

「ノエルにお礼を言わないとね」オリヴィアは笑みを浮かべ、ウエディングドレスを身振りで示した。「ずいぶんとロマンティックな駆け落ちだったけど、わたしが退院する前からずっと計画していたの？」

「きみの秘書のアイデアだったんだ。彼女はきみがどんなに頑固者だか知って、ぼくがきみをさらってどこか異国の地に連れ出し、結婚式をあげてしまうというこの奇想天外なプランを持ちこんできたのさ。教会や花の手配も、彼女がしてくれたんだよ」

「どうやってわたしに承諾させる気でいたの？」

「帰国の際にぼくのプライベート・ジェットを使ってもらい、そのままここに連れてくるつもりでいた。きみのほうから連絡を取りたいと言ってきたので、事がずっと楽になった」

「スチュアートは、あなたの計画に気づいていたのかしら？」

ガブリエルは首を振った。「スチュアートは国に忠誠を尽くす男だ。リビーの忠誠心はきみのためにある」ガブリエルは身を屈《かが》めて、オリヴィアの唇に彼の唇を押しあてた。「そして、このぼくもね」

高台にあるガブリエルのヴィラまで、短いドライブを楽しんだ。オリヴィアは夫をじっと見つめていた。車は馬蹄《ばてい》形の港をぐるりと巡って進んでいく。

家政婦のエレナは彼らよりひと足先に帰っており、港を見おろすテラスで、ロマンティックなディナーの準備を進めていた。オリヴィアに促され、ガブリエルはヴィラの中を手短に案内してまわった。階上の広々とした二人のベッドルームで、彼は妻を窓辺に誘ってキオニの眺めを満喫した。夕闇が迫り、町の灯《あか》りがしだいについていく。彼女の腰を抱いたガブリエルがため息をついた。

オリヴィアは小さく笑った。「疲れちゃったの？それとも満足感に浸っているの？」

「満足感に浸っているんだよ。このときをどれほど待ち焦がれていたことか。これから数日間、きみは毎日のようにこんなため息を聞くことになる」

「それでも結局は、帰る日が来るんだけれど」

腰に回されたガブリエルの腕に、力がこもった。

「いよいよという瞬間まで、忘れておきたいね」

「マスコミがここまで捜しに来るかしら？」

「この島の住民たちは、ぼくらをそっとしておいてくれるさ」彼はオリヴィアの首を唇で撫でおろした。「行こうか。夫婦になって、初めてのディナーだ」

一階に戻り、二人はエレナからシャンパングラスを受けとった。

日が落ちてからもうずいぶん経《た》っており、あたりはインディゴブルーの宵闇の中に沈んでいた。テラスを囲む低い壁沿いに、一つ一つガラスの容器に入れられたキャンドルの灯火《ともしび》が、暗闇を追いやるように並んでいる。テーブル中央にもキャンドルがおかれ、白いテーブルクロスの上やボーンチャイナのテーブルウェアの表面に、躍るような影が揺らめいていた。

ガブリエルはリネン地でくるまれた椅子にオリヴ

イアを座らせると、彼女の隣に腰をおろした。ロマンティックな照明がガブリエルのたくましい体のラインを和らげて、彼が笑うたびにセクシーな唇のカーブをくっきりと映し出した。

「ぼくらの愛のために」

二人のグラスがかちんと音をたてる。幸せすぎて、これは夢ではないかしらとオリヴィアは疑った。彼女はグラスをおき、ガブリエルの手に触れた。「以前、あなたの妹のアリアナから聞いたんだけど、わたしたちが、半年前にあったフランス大使館でのパーティーより前に会っていたって、本当？」

「そうだよ」

「でも、わたしには覚えがないわ。あなたもきっとそうよね。お互い子どもだったのかしら？　だから思い出せないの？」

「もう七年近く前になるが、仮面舞踏会でぼくらは出会ったんだ。主催者の悪評を耳にしていたから、ぼくが助けたのがレディ・オリヴィア・ダーシーとわかったときは、さすがに驚いた」

あのときわたしを助けてくれたのは、ガブリエルだったのね。「わたしを知っていたの？」

「きみがあの場を去ったあとで、クリスティアンがキスの相手が誰だったのか、教えてくれたよ」ガブリエルは指先でオリヴィアの頬を撫でた。「ぼくはまだ結婚には興味がなかったし、きみはまだほんのねんねだった。だが、予感がしたんだ。きみこそぼくの運命の女性だと」

「だって、七年前の話よ」たった一度だけのキスが、どれほど強い衝撃をガブリエルに与えたのだろう。オリヴィアには見当もつかなかった。「だいいち、わたしの父は、シェルダーナに建設する工場の件であなたに連絡を取ったはずなのに」

「そのとおり。ただし、もともとその考えを伯爵に吹きこんだのはクリスティアンだった。事業の話になると、弟はすこぶる目端のきく男だからね」

「でも、あなたはマリッサを愛していたのでしょう。もしシェルダーナの掟《おきて》が許していたら、彼女と結婚していたはずだわ」

「ぼくは一度だって、マリッサと結婚したいとは思わなかった。負わされた義務や責任に反抗する口実として彼女とつき合っていたようなものだ。一緒にいて楽しかったのは事実だが、今ではそれが愛でなかったとわかる。きみへの愛とは別物だ、とね」

ガブリエルの唇が、オリヴィアの唇に重なった。どうしようもなく欲望をかき立てられ、それでいて心の中が洗われるような感動を覚えるキスだった。

「今日一日で起こったこととはとても思えないわ」オリヴィアはつぶやいた。「今朝起きたときには、どうなるんだろうと内心びくびくしながら、大丈夫、頑張ろうって自分を励ましていたの。まさかこんなに幸せになれるなんて、思ってもみなかった」

ガブリエルは毅然《きぜん》とした態度で優しく微笑《ほほえ》んだ。

「そしてぼくは、きみをずっと幸せにするためなら、どんなことでもすると誓うよ」

行方をくらましてから一週間後、妻となったオリヴィアを伴いガブリエルは国に戻った。マスコミの大騒ぎは予想していたが、首都の往来に人々が列をなしているとは思ってもみなかった。

リムジンの後部から人々に手を振るオリヴィアはすっかりプリンセスの顔だった。だが、車が宮殿前に差しかかると、彼女は緊張した面持ちになっていた。「わたしたち、縛り首にされるか、銃殺刑になるんじゃないかしら」

「シェルダーナのロイヤルファミリーが死刑になった例は、ここ三百年ほどないよ」

「なぐさめになっていないわ」

ガブリエルはオリヴィアの手を強く握りしめた。

「何もかもうまくいくさ」

「いつからそんな楽天家になったの？」

「きみと結婚できてから、ずっとだ」

従僕がリムジンのドアを開けた。しかめ面をしたクリスティアンが、宮殿の正面玄関から足早に歩み寄ってくる。オリヴィアは彼に軽く会釈してから、夫にささやいた。「おかんむりのご様子ね」

「一杯食わされたとわかったんだろうな」

「まるで楽しんでるみたいに聞こえるわ」

「弟たちがアメリカやヨーロッパで夢を追いかけていた何年ものあいだ、ぼくがどれだけ多くのお見合い相手の身上書に目を通したか想像できるかい？」

「百枚くらいかしら？」

「少なくともその三倍はあったな。だが、その中でぼくが結婚したいと思った女性はただ一人だった」

「お世辞がお上手ですこと。わたしが恋してしまうのも無理ないわね」

車から降りようとしたオリヴィアに、クリスティアンが手を差し出した。彼女の左右の頬にキスし、ガブリエルには仏頂面で形だけの握手をした。

「どんな状況だ？」愛想のない出迎えを大目に見てガブリエルは弟に尋ねた。

「シェルダーナの国事は万事うまくいっているよ」クリスティアンはつぶやいた。

「おまえのことをきいているんだ。母上から、花嫁候補のリストをどっさりもらったのか？」

「まったく、兄さんがここまでの大ペテン師だったとはね」

「母上の前でそんな台詞《せりふ》を言うんじゃないぞ」ガブリエルは弟の背中をどんと叩いた。「だが何を心配しているんだ？　まだニックがおまえの前にいる。跡継ぎづくりの重責を負わされるのは、あいつだ」

「母上だって、今度こそ運任せにはしやしないさ。残った二人とも結婚させる気でいるよ」

「賛成だ。夢に見た理想の女性と結婚しない限り、真の幸せは得られないものだからな」ガブリエルはそう言ってうんざり顔の弟に心底楽しそうに笑いかけてから、オリヴィアのあとを追って階段をあがっていった。部屋に入るとすぐにオリヴィアがガブリエルに体を預け、低い声で話しかけた。「わたししたち夫婦が子どもを授かる可能性はまだ残っているって、どうして言わなかったの？」

ガブリエルはドアを閉め、彼女を抱きしめた。

「さしあたって、この小さな希望はぼくたちだけの秘密にしておこう」

「本気なの？　もしうまくいけば、ニックとクリスティアンを苦境から救い出せるのよ」

「確実なことがわかるまで、言う必要はないよ」

「何カ月もかかるかもしれないのに」オリヴィアは気遣わしげに目を見開いて叫んだ。「弟さんたち、婚約か、へたをすると結婚までしてしまうかもしれないわ！」

「きみを妻にできたのは、ぼくの人生で最高の出来事だった。あの二人にしても、同じことを経験していいんじゃないかと思ってね」

「どうしても結婚せざるをえない状況に追いこめば、誰かと恋に落ちるだろうと考えたの？」

「なかなかの思いつきだろう？」

「本当のことを知られたら、どんな目にあわされるかわからないわよ」

「それはない」ガブリエルは顔を寄せ、魂を揺さぶるようなキスでオリヴィアの口を塞いだ。「ぼくのおかげで、世界で二番目と三番目の幸せな男になれたことを感謝するだろう」

「世界一幸せな男はぼくだ、と言いたいわけね？」

あきれたように眉をあげるオリヴィアに向かい、ひときわ大きな笑みを見せてガブリエルは言った。

「もちろん、そうだとも！」

ハーレクイン®

プリンスの望まれぬ花嫁
2016年9月5日発行

著　　者　キャット・シールド
訳　　者　川合りりこ（かわい　りりこ）

発 行 人　立山昭彦
発 行 所　株式会社ハーパーコリンズ・ジャパン
東京都千代田区外神田 3-16-8
電話 03-5295-8091（営業）
0570-008091（読者サービス係）

印刷・製本　大日本印刷株式会社
東京都新宿区市谷加賀町 1-1-1

造本には十分注意しておりますが、乱丁（ページ順序の間違い）・落丁（本文の一部抜け落ち）がありました場合は、お取り替えいたします。ご面倒ですが、購入された書店名を明記の上、小社読者サービス係宛ご送付ください。送料小社負担にてお取り替えいたします。ただし、古書店で購入されたものについてはお取り替えできません。®とTMがついているものは株式会社ハーパーコリンズ・ジャパンの登録商標です。

この書籍の本文は環境対応型の植物油インクを使用して印刷しています。

ISBN978-4-596-51722-7 C0297

◆◆◆◆ ハーレクイン・シリーズ 9月5日刊 発売中

ハーレクイン・ロマンス

愛の激しさを知る

スペイン大富豪の結婚劇	レイチェル・トーマス／みずきみずこ 訳	R-3185
百八十夜の愛人契約	シャンテル・ショー／中村美穂 訳	R-3186
博士の密やかな誘惑	メラニー・ミルバーン／萩原ちさと 訳	R-3187
夫を忘れた花嫁	ケイ・ソープ／深山　咲 訳	R-3188

ハーレクイン・イマージュ

ピュアな思いに満たされる

眠れぬシンデレラ	ジェシカ・ギルモア／中野　恵 訳	I-2433
白衣の下の片思い	イヴォンヌ・ウィタル／山本　泉 訳	I-2434

ハーレクイン・ディザイア

この情熱は止められない！

億万長者とメイドの秘密 (地中海のシンデレラV)	ジュールズ・ベネット／野川あかね 訳	D-1721
プリンスの望まれぬ花嫁	キャット・シールド／川合りりこ 訳	D-1722

ハーレクイン・セレクト

もっと読みたい"ハーレクイン"

銀の小箱	パトリシア・レイク／常藤可子 訳	K-421
ダーク・モザイク	アン・メイザー／古澤　紅 訳	K-422
愛するのは禁止	キム・ローレンス／藤村華奈美 訳	K-423

ハーレクイン・ヒストリカル・スペシャル

華やかなりし時代へ誘う

伯爵の無垢な乙女	エリザベス・ロールズ／小林ルミ子 訳	PHS-142
悩める男爵夫人	リン・ストーン／片山奈緒美 訳	PHS-143

※予告なく発売日・刊行タイトルが変更になる場合がございます。ご了承ください。

ハーレクイン・シリーズ
おすすめ作品のご案内
9月20日刊

シークレットベビー

親の愛を知らない男女の愛なき結婚

メイジーは、５年前に一夜を共にし姿を消した男性との息子を育てている。ある日子どもの存在を知り突然現れた彼に“息子を守るため”という口実で結婚を迫られる。

マヤ・ブレイク

『一夜の子のために』

◉R-3191　ロマンス

名作

敵だと思っていた大富豪との恋

父と初めて喧嘩したシャーロットは家を飛び出し、高級車にはねられそうになる。家に帰ると、彼女を轢きそうになった横柄な男が父の宝石店を買収しようとしていて……。

ジェイン・ドネリー

『買い取られた令嬢』

◉I-2435　イマージュ

ハーレクイン・ディザイア傑作選

シークと約束したビジネスとしての結婚

憧れのボスに「ビジネス上の協定と約束する」と言われ愛なき結婚をしたリタは、訪れた彼の故郷で彼が王子だったことを知る。ふたりは王族として迎えられるが……。

ローラ・ライト

『砂上の結婚』

◉D-1724　ディザイア

注目作品

ベストロマンス大賞入賞作家による癒しの物語第3弾！

ベティ・ニールズを彷彿とさせる穏やかな作風で読み手の心を癒す北米ベストセラー作家が、花咲き誇る町を舞台に繰り広げられる純愛ストーリーをお届けします。

シェリー・シェパード・グレイ

『花園物語3 小さな恋の魔法』

◉PS-85　プレゼンツ スペシャル

人気作家

リン・グレアムが描くラテンヒーローと使用人のロマンス

使用人として働く地味で健気なエミリーは、当主に見初められポルトガルの邸宅に移り住むことに。しかし屋敷では居場所がない上、策略にはめられて不倫を疑われ……。

リン・グレアム

『罪深い肖像画』

◉K-425　セレクト

※予告なく発売日・刊行タイトルが変更になる場合がございます。ご了承ください。